TOADA DA TERRA DE LÁ

GISELE GARCIA

TOADA DA TERRA DE LÁ

Ilustrado por
PAULO ALAOR

© Gisele Garcia, 2023
Todos os direitos desta edição reservados à Editora Labrador

Coordenação editorial Pamela Oliveira
Assistência editorial Leticia Oliveira, Jaqueline Corrêa
Projeto gráfico, diagramação e capa Amanda Chagas
Preparação de texto Mariana Cardoso
Revisão Daniela Georgeto
Ilustrações de capa e miolo Paulo Alaor

Dados Internacionais de Catalogação na Publicação (CIP)
Jéssica de Oliveira Molinari - CRB-8/9852

Garcia, Gisele
  Toada da terra de lá / Gisele Garcia.
São Paulo : Labrador, 2023.
  88 p.

  ISBN 978-65-5625-448-7

  1. Literatura infantojuvenil brasileira 2. Música popular brasileira I. Título

23-5195   CDD 028.5

Índice para catálogo sistemático:
1. Literatura infantojuvenil brasileira

Labrador
Diretor geral Daniel Pinsky
Rua Dr. José Elias, 520, sala 1
Alto da Lapa | 05083-030 | São Paulo | SP
editoralabrador.com.br | (11) 3641-7446
contato@editoralabrador.com.br

A reprodução de qualquer parte desta obra é ilegal e configura uma apropriação indevida dos direitos intelectuais e patrimoniais da autora. A editora não é responsável pelo conteúdo deste livro. Esta é uma obra de ficção. Qualquer semelhança com nomes, pessoas, fatos ou situações da vida real será mera coincidência.

Para Adonai, companheiro
de biblioteca, de violão e de vida.

PREFÁCIO

A ideia para esta história surgiu com a tristeza pela morte do Aldir Blanc. Lamentei muito a sua partida e me entristeci com o fato de que nunca mais seria surpreendida por uma de suas letras geniais.

Em meio ao meu desalento, cantarolei "O Bêbado e a Equilibrista", clássica parceria de Aldir com João Bosco, e visualizei a Esperança como um quadro em aquarela. Logo a seguir, imaginei e escrevi um pequeno diálogo de uma criança com a Esperança equilibrista de Aldir.

O resultado me agradou a ponto de eu decidir transformar esse diálogo em um livro infantojuvenil, que passeasse por clássicos da nossa MPB, homenageando não só o Aldir, mas grandes compositores que marcaram a minha história e a história de tantos brasileiros.

Penso a obra como um convite a um mergulho em nossa cultura musical. Para alguns jovens leitores, o livro será um ponto de partida ao conhecimento de canções e compositores que não fazem parte de seu repertório. Para os pais dos jovens leitores, será uma gostosa imersão cultural e emotiva.

Deixo aqui meu agradecimento a Aldir Blanc, João Bosco, Chico Buarque, Edu Lobo, Djavan, Villa-Lobos, Ferreira Gullar, Caetano Veloso, Milton Nascimento, Tom Jobim, Vinicius de Moraes, Toquinho, Dona

Ivone Lara, Paulinho da Viola, Capinam, Gilberto Gil, Dorival Caymmi, Gonzaguinha, Belchior, Guinga, Leci Brandão, Geraldo Azevedo, Geraldo Vandré, Fernando Brant, Paulo César Pinheiro, Hermínio Bello de Carvalho, Délcio Carvalho, José Luiz Penna e a tantos outros que não dei conta de colocar no texto deste livro (teria que escrever uma história de mil páginas para fazer jus ao tanto de compositores que merecem ser homenageados). Muito obrigada por tudo o que fizeram pela cultura brasileira! Muito obrigada pela poesia que faz do mundo um lugar melhor! Obrigada por existirem!

A história deste livro foi inspirada em grandes canções da música popular brasileira. Será que você consegue descobrir onde cada música aparece?

Para ouvir no Spotify, leia o código a seguir com o seu celular:

Ou procure a playlist "Toada da terra de lá - O livro" – também disponível nas plataformas Deezer, Youtube Music e Amazon Music.

> *"No canto do cisco*
> *No canto do olho*
> *A menina dança"*
>
> **Luiz Galvão**

CAPÍTULO 1

Se há algo que Beatriz detesta, é a hora de dormir. Acha uma enorme perda de tempo passar horas na cama esperando o "amanhã" chegar. Tanta coisa a fazer... Com ânsia de viver, todas as noites, a menina trava um árduo combate contra o sono. Luta inglória que sempre termina com uma derrotada Beatriz adormecida. O sono é um oponente duríssimo!

Na noite desta história, porém, um inusitado acontecimento interrompe a batalha diária. De olhos já semicerrados e com a mente entre o acordada e o dormindo, a garota ouve um canto suave e um leve bater de asas. De onde viriam esses sons? Bocejando, ela se senta na cama e se põe a procurar. Na semiescuridão do quarto, avista o que parece ser um passarinho na janela.

Estaria sonhando? A jovem esfrega os olhos para melhor enxergar. Olha novamente. O pássaro, um gracioso sabiá, lá está no parapeito. Tão alto era o arranha-céu de Beatriz, como conseguira a pequena ave chegar ali? Intrigada, ela caminha até a janela, passos lentos para não assustar o bichinho que, tranquilo, a observa com ar de curiosidade.

Com a máxima delicadeza possível, Beatriz passa o dedo pelas penas do sabiá. O passarinho recolhe a cabeça ao corpo, oferecendo o pescoço à menina. Ela sorri e acaricia a nuca do pequeno visitante. Os dois se olham. O bichinho brinca com a mão da garota e nela se aninha. Beatriz junta as mãos em cuia, o sabiá entre elas. Em suave abraço, ela leva o passarinho ao peito.

Tudo, então, acontece com inacreditável rapidez! Beatriz se vê alçada aos ares, através da janela, em direção à imensidão do céu. Seu corpo gira velozmente, enquanto sobe mais e mais. O grito assustado da jovem preenche o infinito da noite, seu coração quase saindo pela boca! Apavorada com a possibilidade de despencar do céu, ela se agarra ao sabiá. Mesmo sem entender como ou por quê, Beatriz sente que sua vida depende daquele contato com o pássaro.

Tonta com os velozes rodopios, a garota fecha os olhos com força. A quem quer que escute e atenda nossos desejos, pede para estar dormindo sossegada em sua cama. Para tal, promete até não brigar mais com o sono. Por medo e por esperança de que tudo termine, mantém os olhos cerrados. Só os abre longos e intermináveis minutos depois, quando sente seu corpo descendo, sua movimentação diminuindo e seus pés tocando novamente o chão.

CAPÍTULO 2

Quando abre os olhos, Beatriz se percebe em um lugar bem diferente de seu quarto: uma clara área vazia sem fim, com um céu lindamente azul e um macio chão branco enevoado. A menina tem a impressão de pisar em nuvens. Ela solta o passarinho, que principia a voar ao seu redor, cantando alegremente. Fascinada com a beleza e a calma do local, não sente medo algum, mas sim uma vontade enorme de explorar aquele espaço e de viver aquela aventura fora da cama, fosse ela sonho ou realidade.

Beatriz apalpa e arranca um pedaço do chão. É tão leve! Ela sopra a massa branca, que se desfaz no ar qual dente-de-leão, suas partículas voejando no imenso azul. Após algumas voltas em torno da jovem, o sabiá se vai na direção da única construção visível no horizonte. A menina observa. O que seria aquilo ao longe? Sem certeza sobre o que fazer, decide seguir no mesmo rumo da ave.

Após breve caminhada, Beatriz chega a uma grande e agitada estação de trem. O ritmo do local é frenético. Inúmeras pessoas passam para lá e para cá, partindo ou chegando de algum lugar, uma ou outra quase atropelando a menina. Ela tenta abordar alguns passantes, mas não obtém sucesso. Todos são tão apressados e ocupados, ninguém tem tempo para conversar ou reparar em uma garota descalça e de camisola.

Na busca por alguém com quem falar, entre um e outro empurrão, uma imagem chama a atenção de Beatriz. Sentado em um banco alguns metros à frente, um homem se mantém alheio à agitação do ambiente. Imóvel e com semblante pensativo, ele se assemelha a uma peça fora de lugar. Uma peça descombinada do corre-corre geral.

Intrigada e decidida a falar com o homem, a jovem tenta chegar até o banco. Lutando contra o mundaréu de viajantes apressados a lhe atrapalhar o andar, se esforça para atravessar a distância que a separa do banco. Nesse intervalo, quase é atropelada por um carregador de bagagens que passa empurrando um carrinho lotado de malas. O carregador lhe lança um olhar aborrecido:

— Cuidado, menina! Aqui não é lugar para gente distraída. Não vê? Se ficar por aí, andando com a cabeça no mundo da lua, vai acabar causando um acidente!

— Desculpa. Eu só queria chegar naquele banco — responde Beatriz, apontando para o local onde está o pensativo homem.

— Tá, tá... mas vê se presta mais atenção.

O carregador já vai saindo quando a garota lhe indaga:

— Espera, por favor. Que lugar é este?

Deixando a pressa temporariamente de lado, o homem para de súbito. Ele olha a jovem de alto a baixo, pela primeira vez prestando atenção naquela estranha criatura vestida para dormir.

— Não sabe? Aqui é onde o sol nasce amarelinho e queima de mansinho. É a terra onde o céu é sempre

azul. Onde podemos sentir o sabor do sol e o cheiro azul do céu. Você consegue sentir?

Fechando os olhos, o carregador ergue a cabeça, estica os braços e respira fundo. Abrindo um divertido sorriso, encoraja a menina com uma piscadela:

— Tente, você consegue!

Curiosa, a garota o imita. De olhos fechados, Beatriz começa a sentir o céu azul, um azul infinito e denso que envolve seu corpo qual mar de águas paradas. Respira o cheiro do mar e das estrelas. Será esse o cheiro do azul? Sente o sol, brilhante e amarelo, doce como um carinho de mãe, aconchegante como um brigadeiro comido às escondidas. Raios de sol aquecem seu peito e a inundam de felicidade.

Quando a menina e o carregador abrem os olhos, ele lhe sussurra em segredo:

— Se você sentir bem, vai perceber que também o amor é azulzinho como o céu!

Estranhando o amor poder ter cor, Beatriz se põe a imaginar qual seria a cor da alegria ou da saudade. E a tristeza, que cor teria? Um apito de trem soa ao longe. Subitamente, como se parasse de sentir e despertasse para seus afazeres, o carregador completa, mostrando o espaço ao redor:

— E aqui também é a Estação Central. Por esses trilhos, passam todas as linhas de trem da Terra de Lá.

— Terra de Lá? De lá onde? — questiona a garota.

— Daqui, oras bolas. Caso não saiba, a senhorita está na Terra de Lá.

— Mas, se a terra é aqui, por que se chama Terra de Lá?

— Por que ela não é a Terra de Cá — responde o homem, como a dizer algo muito óbvio.

Percebendo a expressão confusa da menina, o carregador se põe a observá-la. Após novamente mirá-la da cabeça aos pés, conclui:

— Você com certeza não é daqui da Terra de Lá. Deve ser lá da Terra de Cá. Vez em quando, aparecem pessoas do seu mundo por aqui. Todas sempre chegam com esses modos... perdidas e desentendidas. Gente mais estranha, vocês da Terra de Cá!

— Vocês usam os "lás" e "cás" trocados, e nós que somos estranhos? — retruca Beatriz. — Coisa mais sem lógica. O lugar onde nós estamos se chama Terra de Lá, mas é aqui. E o meu mundo se chama Terra de Cá, apesar de estar lá, em algum canto que eu não sei explicar.

Percebendo que a conversa não chegaria a lugar algum, o homem dá o diálogo por encerrado. Antes de sair empurrando o carrinho de bagagens, entretanto, a garota lhe segura a manga do uniforme, forçando-o a ficar um pouco mais:

— Espera. Só mais uma pergunta: quem é aquele homem? — questiona, apontando para o senhor pensativo no banco.

— Aquele? Ah, aquele é Pedro, um pedreiro que todos os dias ali espera o trem que o leva de volta para casa. Somos velhos amigos. Ele era cheio de vida e de sonhos, mas agora... — O carregador suspira com pesar.

— Agora está sempre com esse semblante cansado e triste. O tempo destruiu suas esperanças. E, quando a esperança se vai, vão-se os sonhos e a alegria de viver.

Olhos fixos no triste homem, a menina mal percebe a saída do carregador, logo engolido pela multidão apressada; também ele apressado na incumbência de dar destino àquele monte de bagagens.

CAPÍTULO 3

Beatriz caminha até o banco e se senta ao lado do pedreiro. Puxa conversa:

— Olá. O que você está fazendo?

Sem se mexer ou olhar para a garota, Pedro responde:

— Estou esperando e pensando... pensando e esperando. Penso enquanto espero, espero enquanto penso.

A voz desgastada e sofrida do pedreiro comove a menina. Pedro se vira para ela e seus olhares se cruzam. Beatriz se dá conta do enorme cansaço que há dentro daquele homem.

— Esperar nos faz pensar. Pensar nos faz esperar — prossegue Pedro.

— E você está esperando o quê? O trem de volta para casa? — A garota tenta entender.

— Também. Espero o trem, o carnaval, o aumento de salário que nunca vem, a sorte, meu filho que vai chegar... — suspira. — Espero algo lindo e grande; mais lindo que o mundo, maior que o mar.

— Bonito isso!

— Bonito, mas desesperador. Esperar demais cansa, menina. Você nem imagina o quanto! Vivo uma espera sem fim de desejos que nunca se realizam.

— Eles podem se realizar um dia — Beatriz tenta animá-lo.

— Já não acredito nisso. O tempo matou cada pitada de esperança que existia dentro de mim. O problema é que eu ainda sonho. Ah, como sonho! Queria conseguir não sonhar mais. Quando temos esperança, sonhar é o extrato da vida; é a força que nos move para além da nossa realidade e dos nossos limites. Mas sonhar sem a expectativa de realização do sonho é afundar a alma em um mar de tristeza e angústia, de espera sem fim.

Beatriz é jovem demais para compreender a profundidade das palavras daquele homem, mas a angústia dele a comove. A menina percebe e sente a tristeza e o desconsolo que vão dentro do pedreiro. Rosto pensativo, Pedro se recosta no banco, o olhar voltado para o horizonte:

— Sabe, às vezes queria ser só um pedreiro, sem tanto pensar nem tanto esperar. Hoje, no fundo, o que mais espero é o dia de não mais esperar.

Compungida, a garota tem vontade de chorar. Esforçando-se para conter o pranto que lhe aperta a garganta, também se recosta no banco e lança os olhos ao horizonte:

— Vou "esperapensar" com você até o seu trem chegar.

O pedreiro sorri timidamente e os dois ali ficam, em silêncio, a pensar e a esperar. "Esperapensam" até serem despertados pelo apito do trem que vem chegando: um apito aflito como os pensamentos de Pedro, infinito como a espera dele. O angustiado homem se despede da jovem e embarca na locomotiva. Soltando fumaça, esta se vai trilhos afora.

O olhar de Beatriz acompanha o trem até o seu completo sumiço entre as montanhas. Com o desalento do pedreiro pesando em seu peito, a menina se deixa ficar no banco, entristecida e cabisbaixa. Queria tanto

ajudar Pedro! Mas o que fazer para diminuir o desassossego dele? Perdida em pensamentos, a jovem mal percebe o retorno do carregador, que quase esmaga o seu pé com a roda do carrinho de bagagens. Dessa vez, é Beatriz quem o repreende:

— Ei, olhe por onde anda!

— Você ainda por aqui? — surpreende-se o carregador. — E então, gostou do Pedro? Uma figura, não é? Pessoa simples, mas de bondade enorme!

— Gostei. Mas ele está tão triste e cansado — suspira a menina.

— Sim. Meu amigo desesperançou. Era tão alegre e animado... você precisava ver. Nem parece mais a mesma pessoa.

— Não podemos fazer alguma coisa para ele se sentir melhor? Eu queria tanto ajudar!

— Ajudar o Pedro é tarefa difícil. O que meu amigo precisa é de esperança para voltar a acreditar. Precisaríamos ir atrás da esperança, trazê-la de volta ao seu coração. Mas a esperança vai longe. E eu... eu não posso sair daqui da estação. Tenho muitas bagagens a empurrar — conclui, mostrando o carrinho lotado de malas.

— Você não pode, mas eu posso! — afirma Beatriz. — E se eu for atrás da esperança? Se você me disser onde ela está, eu posso buscar um pouco para o Pedro.

— Você faria isso?

— Claro!

O carregador vibra com a possibilidade de novamente ver o pedreiro alegre e sonhador. Exultante, abraça a garota e a gira em seus braços.

— Saiba que eu lhe serei eternamente grato, menina!

Um trem se aproxima nesse momento, soltando fumaça e apitando melodiosamente. A locomotiva para na estação e os passageiros começam a desembarcar. O carregador apressa Beatriz:

— Você precisa tomar esse trem! Essa é a linha que chega mais perto da esperança. Desça quando avistar uma estação cercada de amarelo. Você chegará lá na hora do sol nascente, não tem erro. Naquela região, procure pelo Poetinha. Ele saberá lhe explicar onde encontrar a esperança.

A garota embarca rapidamente e sem titubear, sentando-se em um dos bancos do vagão quase vazio e lançando um aceno de despedida para o carregador. Quando a locomotiva solta o último apito e começa a se movimentar, uma pergunta assalta a mente da menina. Debruçando-se na janela, ela grita sua dúvida para o empurrador de malas:

— Como vou saber quando eu encontrar a esperança?

— Não se preocupe, você saberá!

CAPÍTULO 4

O trem se desloca em direção às montanhas, deixando o carregador e a Estação Central para trás. Beatriz segue determinada. Iria aonde quer que fosse, mas traria a esperança de volta para o pedreiro. O sol se põe e a noite surge cheia de estrelas. À luz da lua, tudo parece adquirir um lindo tom azul esverdeado. A menina observa a paisagem girar sob as rodas da locomotiva: gira a cidade, gira a noite. Também a vida parece rodar, como ciranda ao luar.

No ritmo cadenciado do cantar das rodas no trilho, o trem avança mansamente. Passa por campos e por serras, desbravando a Terra de Lá até alcançar uma montanha com um longo e escuro túnel. Quando adentra o túnel, a locomotiva subitamente acelera. Acelera tanto que parece que vai descarrilhar e se espatifar contra as rochosas paredes da montanha. Com medo, a garota se agarra fortemente à poltrona.

A escuridão se adensa até o máximo breu. Sem nada enxergar, Beatriz escuta e sente o trem se libertar dos trilhos. Assustada, a menina se protege como pode, aguardando o impacto da batida iminente. O impacto, entretanto, não vem. O que vem é o fim da escuridão e do túnel. Quando o trem abandona o interior da montanha, a garota percebe, aturdida e maravilhada, que ele não mais anda; ele agora voa.

Livre dos caminhos traçados, a locomotiva segue sem destino. Cantando, ela vai por serras de luar, pelo mar, pelo ar... O medo de Beatriz se transforma em encantamento. Ela estende os braços para fora do vagão. As estrelas passam tão próximas à janela do trem que a menina quase as pode alcançar. Com as mãos, tenta segurar a poeira das estrelas que escorre por entre seus dedos.

A locomotiva se aventura pelos céus até encontrar o dia novo, o sol surgindo entre as montanhas, os raios de luz espantando a noite e as estrelas. Em ritmo suave, o trem retorna para a segurança dos trilhos. Ainda maravilhada com a viagem, a garota esfrega os olhos, como a acordar de um sonho fantástico.

Ao longe, uma estação surge em meio a uma vasta área onde tudo parece adquirir colorações amareladas: plantas, flores, chão, casas... até o azul do céu se amarela com o clarear do dia. A estação cercada de amarelo, na hora do sol nascente. Era ali, não havia dúvida! Beatriz salta da locomotiva decidida a encontrar o tal poeta que poderia lhe ensinar o caminho para a esperança.

Totalmente vazia, a estação ainda dorme. Tudo é silêncio e calma, e o tempo parece não existir. Ressecada vegetação amarela se movimenta ao suave sopro do vento. Uma estreita estrada de terra batida, único caminho em todo o amplo espaço, ruma em direção ao horizonte. Sem outra opção, a menina segue estrada afora.

CAPÍTULO 5

Inúmeras borboletas amarelas recobrem a escura terra do caminho. À passagem da garota, as pequenas criaturas levantam voo em linda nuvem a lhe rodear. Beatriz sorri divertida. Distraída com as borboletas, ela mal percebe a alegre música vinda de algum lugar à frente. Quando se dá conta, apressa o passo em direção ao som, a música ficando mais e mais forte à medida que caminha. Finalmente, em meio à enorme plantação de milho, a jovem alcança o som.

Tocando estranhos instrumentos feitos de corda e bambu, um grupo dança bem próximo à estrada. Com pele da cor da terra escura e cabelos da cor do capim amarelado, as pessoas parecem fazer parte da vegetação. Trajam saias de palha e têm os braços e pernas enfeitados por pinturas feitas com finas linhas pretas. Todos dançam e cantam. Beatriz se aproxima e observa. Uma menina que aparenta ter a sua idade logo a percebe e se achega sorridente, estendendo-lhe a mão em cumprimento:

— Oi, eu sou a Maria Luiza. Mas você pode me chamar de Marilu. Todos me chamam de Marilu.

Maria Luiza tem cabelos cor de milho e brilhantes olhos cor de chuchu. Sua voz é agradável e sua fala soa qual canto gostoso de se ouvir. Com um sorriso simpático, Beatriz aperta a mão dela. Entretanto, antes que consiga se apresentar, Marilu a puxa para o meio do festivo grupo.

— Vem dançar conosco!

No meio da roda, Beatriz se sente acanhada. Um pouco sem jeito, tenta seguir os movimentos graciosos e desenvoltos de Maria Luiza. À medida que dança, seu corpo fica leve, a menina se soltando, a música desfazendo todo e qualquer constrangimento. Alguns minutos depois, a jovem já pula, roda e gira com Marilu. As duas dançam, cantam e riem com entusiasmo. Beatriz aprende a cantar a música que fala sobre o sol e sobre a lua; sobre a manhã, a tarde e a noite.

Após considerável tempo dançando em ritmo acentuado, as meninas se jogam no gramado amarelado e seco da beira da estrada. Exaustas e felizes, as duas riem riso solto. Curiosa, Beatriz indaga o motivo da celebração:

— O que vocês estão comemorando? É uma festa para alguém?

— É uma festa para a natureza. Meu povo comemora o dia e a noite, o sol e a lua. Manhã cedo, cantamos o sol que se levanta. Fim da tarde, choramos o sol que se vai. Chega a noite, dançamos venerando a lua que nos amansa.

— Tão bonito isso! — Beatriz se sente enternecida.

— Já foi muito mais bonito. Antigamente, todo o meu povo participava das celebrações. Mas a chuva parou de cair e nossas plantações começaram a morrer. Já quase não temos o que comer. As pessoas estão tristes e desesperançadas, sem ânimo para cantar ou dançar.

Hoje somos só nós, esse pequeno grupo que você está vendo. Apenas nós ainda festejamos a natureza.

A alegria de Maria Luiza é substituída por triste abatimento. Seu desalento compadece Beatriz, que também se sente desalentada. Ao se dar conta do esmorecimento a se abater sobre as duas, Marilu trata de dissipá-lo, convocando a nova amiga de volta à festa:

— De novo! Vamos!

Retornando para o meio dos músicos e dos dançarinos, as meninas novamente cantam e dançam até o esgotamento. Quando enfim param, vencidas pelo cansaço, já a alegria está de volta aos jovens olhares. Enquanto recuperam o fôlego, as garotas conversam um pouco mais. Maria Luiza fala sobre sua gente:

— Meu povo sempre viveu em conexão com a terra. Somos filhos dela. Conhecemos e entendemos os desejos dela. Sabemos afagar e semear o chão no tempo certo, na estação propícia. Plantamos trigo, plantamos milho, plantamos cana. E a terra sempre nos alimentou com carinho. Colhíamos trigo, fazíamos pão e comíamos até nos fartar. Cortávamos a cana, recolhíamos a garapa da cana e nos deliciávamos com a doçura dela.

Marilu fala com empolgação. À medida que escuta, Beatriz se toma de respeito pela relação daquele povo com aquela terra. A garota de olhos cor de chuchu prossegue:

— Mas a chuva parou de vir, e trigo e cana já quase não há. As pessoas estão tristes, não cantam nem dançam como antes. Meu povo não percebe que é justamente agora que mais precisamos celebrar a natureza.

Escutando o relato de Maria Luiza, um pensamento surge e cresce na mente de Beatriz. Entre cuidadosa e empolgada, ela o compartilha com a amiga:

— Marilu, eu estou em busca da esperança. Conheci um homem que a perdeu e eu quero muito devolver a esperança para ele. Agora que eu conheci você e a sua gente, eu pensei uma coisa: vou buscar a esperança também para vocês. Acho que seu povo precisa — Beatriz sorri e pisca para a menina da cor da terra. — Quem sabe a chuva não vem com ela?

Maria Luiza fica comovida com a oferta da nova amiga. Ela se abaixa, colhe meia dúzia de flores amarelas em um arbusto ao lado e, trançando-as, cria uma delicada guirlanda. Coloca a guirlanda na cabeça de Beatriz. Agradecida e feliz, lhe dá um abraço.

— Obrigada por se importar com a gente.

— Obrigada pelas flores, pela música e pela dança. Adorei conhecer você!

A menina da Terra de Cá retribui o abraço recebido. Depois suspira, olhando a estradinha a se perder no horizonte.

— Agora eu tenho que ir. Preciso encontrar um tal Poetinha. Ele pode me ajudar a achar a esperança. O problema é que eu não tenho a mínima ideia de onde procurar esse homem.

— Ah, isso não é problema. Basta usar a estrada! — replica Marilu.

— Como assim? Eu não entendo.

— Essa estrada é tão viva quanto os campos à nossa volta. Tão viva quanto as flores na sua cabeça e quanto

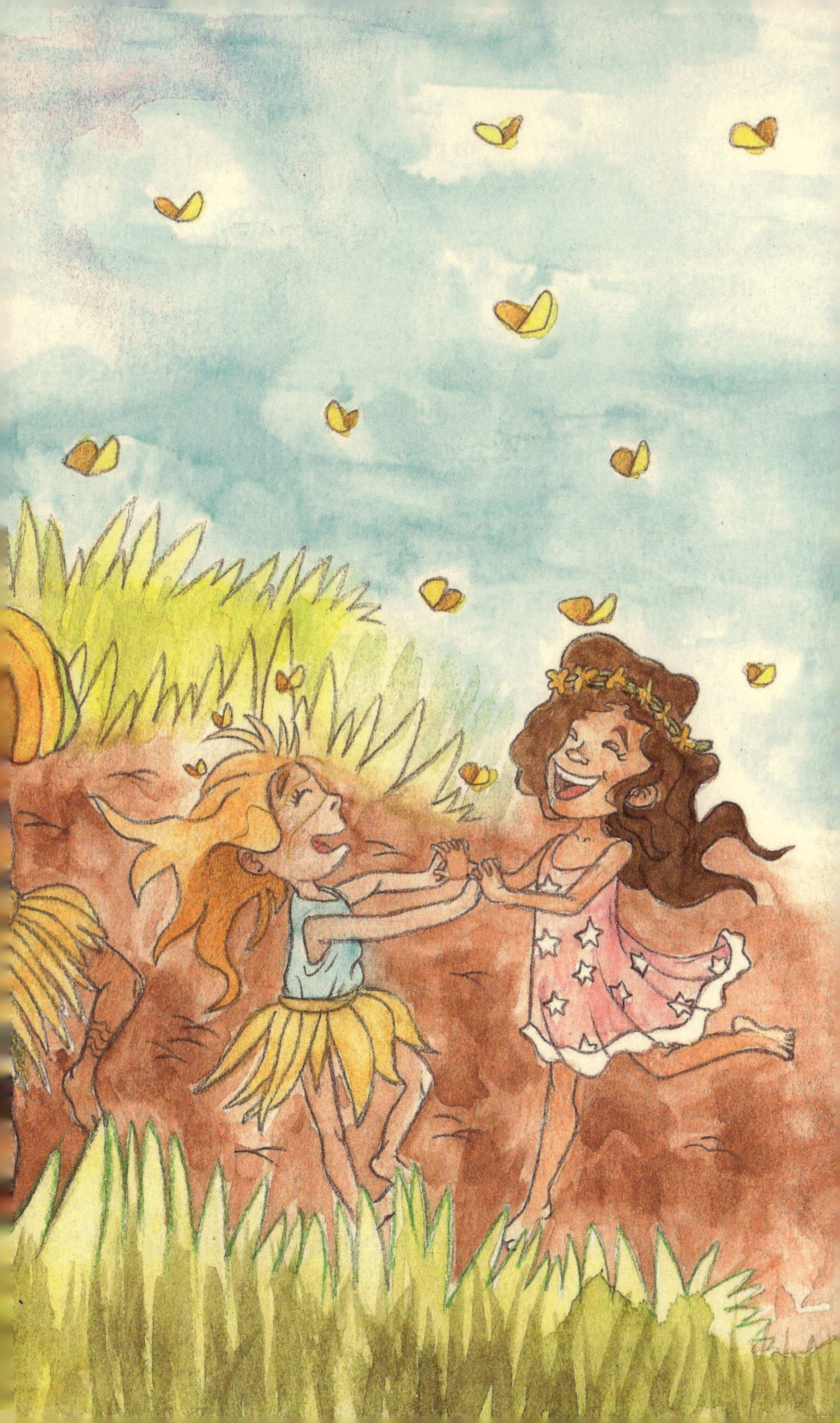

as pessoas que passam por esse caminho. Ela pode nos levar até qualquer lugar ou qualquer pessoa da Terra de Lá — explica Maria Luiza.

A garota pega Beatriz pela mão e a puxa para o meio da estrada. Lá, coloca a mão direita espalmada no chão, como a sentir a terra sob seus pés.

— Basta se conectar com a terra e pensar com força na pessoa que você quer encontrar. Se a estrada te entender, ela vai te levar aonde você quer ir.

Ainda sem entender direito como aquilo seria possível, Beatriz se abaixa, colocando também ela a mão direita sobre a terra. Pensa no poeta. Nada! Pensa com mais força, franzindo a testa e aproximando as sobrancelhas uma da outra. Nada ainda!

Marilu a observa divertida. Tenta segurar, mas acaba soltando uma enorme gargalhada.

— Não é isso! Você tem que sentir. Sinta a terra, ouça o que ela tem a dizer. E deixe que ela sinta você. Quando vocês se conectarem, ela vai te responder.

Um tanto sem jeito e se sentindo meio ridícula, Beatriz decide tentar de novo. De olhos fechados, a menina se concentra na própria mão, percebendo a terra abaixo dela. Sente a temperatura e a umidade da terra e, aos poucos, começa a se dar conta da troca de temperatura e umidade que ocorre entre a sua mão e o solo. Tenta perceber a terra além daquela porçãozinha superficial.

E então acontece! Beatriz sente o pulsar de vida da estrada, alegrias e dores a correr em suas entranhas, sons de passos e tambores a ressoar festas e lamentos.

Pela primeira vez desde que chegara àquele mundo, a menina se lembra de sua casa e do seu quarto. Como estariam seus pais? Decerto preocupados com o seu sumiço. Sente enorme saudade dos pais. Se entristece e percebe a terra se entristecendo com ela. A menina se lembra de Pedro, desesperançado no banco da Estação Central. Pensa no Poetinha. Ela precisa encontrar o Poetinha!

Ainda de olhos fechados, Beatriz percebe o chão se movimentando levemente. Ao abrir os olhos, vê, entre incrédula e maravilhada, a estradinha serpentear até assumir novo contorno e rumo. Sorri feliz. Ela conseguira!

— Que coisa fantástica! Adoraria uma estrada dessa em meu mundo!

As duas garotas se despedem como se fossem velhas amigas a se afastar, cada qual já imaginando a falta que sentiria da outra. Pé na estrada, Beatriz segue determinada na busca pelo poeta e pela esperança perdida. Haveria de encontrar um meio de ajudar o pedreiro e o povo de Marilu.

CAPÍTULO 6

Uma hora de caminhada depois, a menina chega a um alegre povoado à beira-mar. Em meio a casas coloridas e ruas floridas, pessoas diversas passam para cá e para lá. A garota observa tudo e todos com atenção. Poderia algum dos passantes ser o Poetinha? Por desconhecer o visual do poeta, ela decide prosseguir no rumo apontado pela estradinha de terra batida. O caminho termina em uma bela praia de claras águas esverdeadas, com uma mesa posta entre coqueiros e amendoeiras.

Sentados ao redor da mesa, dois homens cantam alegremente, um deles dedilhando uma bela melodia ao violão. O outro, copo e lápis na mão, rascunha algo em um pedaço de papel. Ao perceber a menina, lhe dirige largo sorriso.

— Ora, ora, uma visitante. Junte-se a nós! Você sabe cantar, garota? Uma voz feminina embelezaria nossa música.

— Mais ou menos — responde Beatriz. — Mas não posso ficar. Preciso muito encontrar o Poetinha.

— A vida é realmente a arte do encontro! — sorri o poeta. — Puxe uma cadeira e se acomode; sua busca terminou. Cá estou na sua frente!

O homem levanta o copo que traz à mão, em simulado gesto de brinde.

— Você é o Poetinha! — exclama a jovem, eufórica.

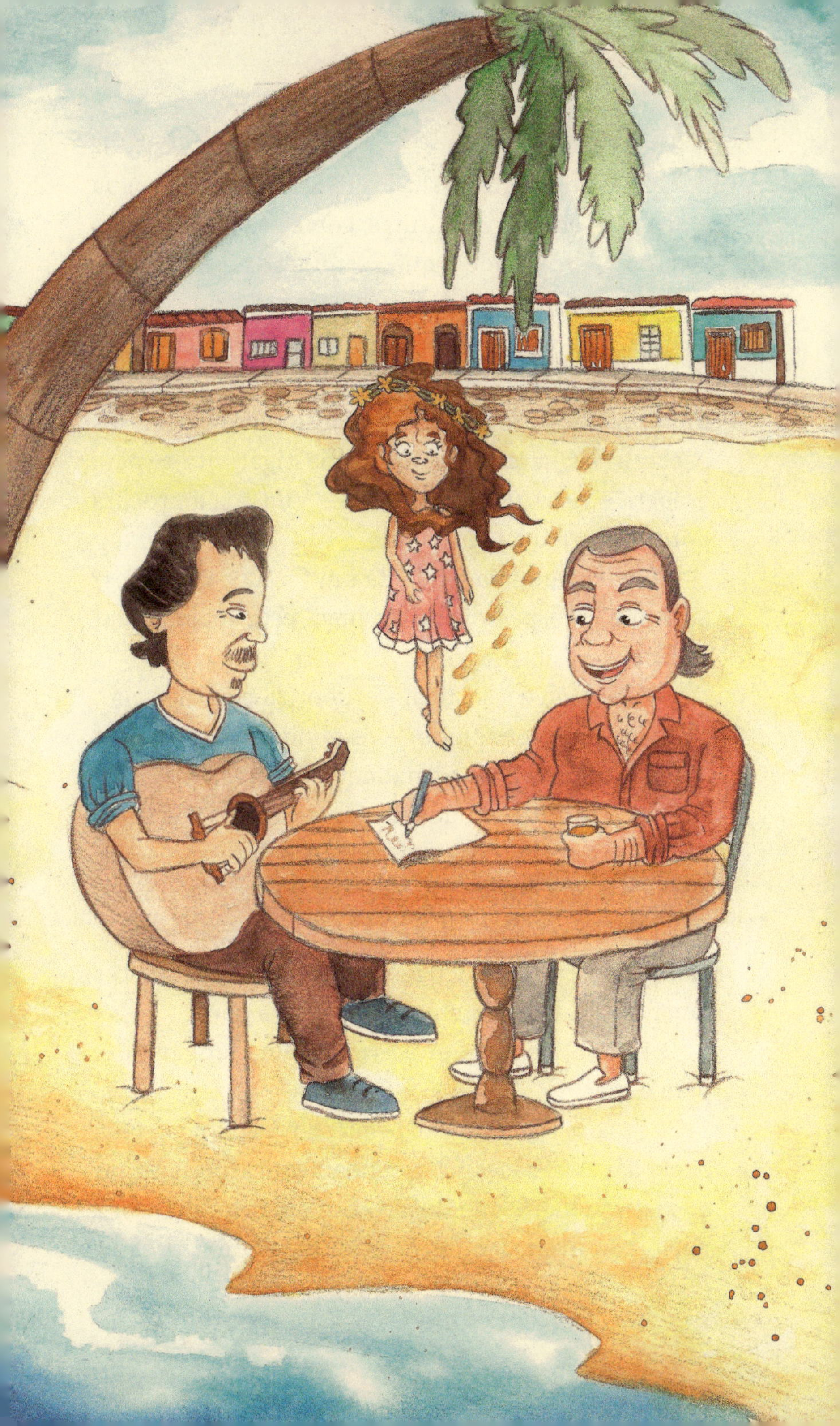

Homens e menina sorriem. A garota se senta, feliz por completar parte de sua jornada. Servida com água de coco e saborosos quitutes, come esganadamente, só então percebendo o quão esfomeada estava.

— Eu sou Antônio, amigo e parceiro desse grande homem das letras — apresenta-se o violonista.

— Muito prazer. Eu sou Beatriz — apresenta-se a menina, entre uma e outra mordida em deliciosos pãezinhos. Quando termina de mastigar, vira-se para o poeta e vai direto ao ponto. — Vim à sua procura porque preciso que me ajude.

— Precisando da ajuda de um fazedor de versos? Será que você, pessoinha tão nova, está apaixonada? — brinca o Poetinha.

— Não, não é isso, não! — ruboriza-se a menina.

— Chegará seu tempo — responde o poeta. — Eu, que muito já vivi, me apaixonei inúmeras vezes. Não sei viver de outro modo que não seja apaixonado.

— Sou testemunha! — assente o violonista. — Esse homem é movido a paixões.

— E há combustível melhor que a paixão? — gargalha o Poetinha. — Paixão, amor... são sentimentos que fazem a vida e o mundo valerem a pena.

O romântico fazedor de versos olha longamente para o mar:

— Se você reparar bem, pequena Beatriz, perceberá que todas as coisas têm um fundamento a lhe justificar o existir: o luar é que torna o oceano belo, a chuva é que faz a nuvem acontecer, o cantar é que dá razão à canção... Assim é com a vida. É o amor que justifica o viver. Se não for para amar, para que viver?

Os dois ouvintes silenciam, matutando as palavras do romântico homem. Os segundos de silêncio acabam sendo rompidos pelo próprio poeta.

— Mas diga lá, garotinha! Como posso ajudá-la, afinal?

— Preciso encontrar a esperança. Eu conheci um pedreiro que está muito triste. Ele tem muitos sonhos, mas já não quer mais sonhar, porque não acredita mais neles. Ele perdeu a esperança. Acho que cansou de querer e não ver acontecer. Eu entendo. Eu sonho tantas coisas: sonho ser uma atriz, uma grande estrela; sonho ser trapezista também. Sonho ter uma casa, viajar países...

A menina olha para o Poetinha, o desassossego da alma de Pedro refletido em seu olhar. Suspira e prossegue com voz de pesar:

— Mas, se eu passar a vida inteira sonhando e querendo sem nada conseguir, acho que vou ficar tão triste quanto o pedreiro. Eu entendi, eu senti a tristeza dele e decidi ajudar. Então vim atrás da esperança. Quero muito encontrar e devolver a esperança para ele!

O poeta lança um olhar de ternura para Beatriz.

— Você pode ser pequenina, mas seu peito já está repleto de amor, garotinha. O amor não se resume a paixões, sabia? Ele pode existir de várias outras formas. Há amor entre pais e filhos, amor entre irmãos, amor entre amigos. Sua missão é um ato do mais nobre tipo de amor que existe: o tipo que chamamos de compaixão.

As belas palavras do fazedor de versos ruborizam a menina novamente, que fica acanhada com o lindo elogio.

— E você pode me ajudar, Poetinha? Pode me dizer onde eu encontro a esperança?

O rosto do poeta se torna concentrado e grave. Ele aponta uma alta montanha envolta em nuvens, em uma ilha no meio do mar.

— A esperança vive lá no alto: na Serra do Meio do Mundo. Você precisará ir de barco até a base da montanha e, lá chegando, subir até o topo. Parece simples, mas o caminho tentará te impedir. Ele tentará te derrotar usando medos que moram dentro de você.

O coração da garota se sobressalta. O fazedor de versos prossegue:

— Para enfrentar os medos que o peito carrega sem afundar no desalento, é fundamental ter espírito forte e valente. Poucos conseguem alcançar o cume da montanha. A maioria das pessoas acaba derrotada no meio do caminho.

Beatriz se preocupa. Seria forte o suficiente para alcançar a esperança? O violonista percebe a inquietação e a insegurança da jovem. Tocado por sua nobre missão, decide acompanhá-la na perigosa jornada:

— Quer saber? Essa aventura pode render uma bela música. Vou contigo, garota!

Beatriz bate palmas e sorri, emocionada com o generoso oferecimento. Agradecida por não ter de enfrentar a montanha sozinha, ela dá um aliviado abraço em Antônio.

— Conheço uma pessoa que pode nos levar até a base da montanha — diz o violonista. — Mas não podemos nos demorar. Queremos subir e descer antes do anoitecer, não é mesmo?

— Sim, vamos logo! — concorda a menina.

Seguem-se abraços e tapinhas de despedida. Antes de os aventureiros saírem, o Poetinha colhe uma bela flor vermelha e, com um beijo, a prende na guirlanda de flores amarelas que Beatriz traz na cabeça. O fazedor de versos se despede com um último conselho:

— Quando tudo parecer difícil e quase perdido, garotinha, tenha em mente que a distância é algo que não existe.

Encafifada com a falta de sentido da frase do Poeta, Beatriz apenas assente com a cabeça. Ela e o violonista partem pela praia, caminhando em direção a um pequeno porto. As mentes vão pesadas, aflitas com os perigos da Serra do Meio do Mundo. Para aliviar a tensão, Antônio puxa uma música ao violão. A garota tenta acompanhá-lo, os dois cantarolando areia afora, o violão aos poucos dissipando as apreensões de suas mentes.

CAPÍTULO 7

Chegando ao porto, homem e menina avançam por entre os barcos. Defronte a um pequeno saveiro chamado Sonho Meu, Antônio se detém. Na embarcação, uma mulher organiza vela e cordas, os longos cabelos cacheados agitados pelo vento, a pele morena brilhando ao sol. Ao ver o violonista, a mulher acena e sorri:

— Salve, salve, querido Antônio! A que devo a honra?

— Oi, Lara! Muito bom te encontrar. O Sonho Meu está livre? Precisamos de um bom barco e de uma marinheira de alma destemida.

— Marinheira de alma destemida? Já ganhou minha atenção! — gargalha a moça, saltando do barco e se pondo ao lado do amigo, que ganha um apertado abraço.

Antônio procede às apresentações:

— Essa é Lara, navegadora das melhores que há. Nascida e criada nas ondas desse mar sem fim. Lara, essa é Beatriz, brava menina em linda jornada.

Abrindo largo e curioso sorriso, a mulher faz uma graciosa mesura com o corpo.

— Seja muito bem-vinda. Me coloco à sua inteira disposição, brava menina.

O violonista e a garota explicam à marinheira a razão de ali estarem. Beatriz fala sobre Pedro e sobre o povo de Marilu. Fala também sobre a sua busca pela esperança. Entre surpresa e entusiasmada, Lara reage:

— Uau! Há tempos que ninguém tenta alcançar o topo da Serra do Meio do Mundo! Talvez por isso a esperança esteja tão escassa. Tarefa difícil, muito difícil. Admirável uma menina como você se propor a isso.

A moça faz uma pausa, pensativa, enquanto junta e prende os libertos cabelos.

— O caminho é perigoso e traiçoeiro, tanto a parte pelo mar quanto a parte pela terra. Mas, se há um barco que pode conseguir levar vocês até o pé da montanha, esse barco é o meu. Por Pedro e pelo povo de Marilu, levarei vocês até lá sem cobrar nada por isso. Deixamos assim combinado, garota: se conseguirmos, vou querer um pouquinho de esperança também. — A marinheira pisca um olho para Beatriz.

Vela ao vento e mar calmo, os três viajantes partem rumo à assustadora montanha. Lara maneja a embarcação com desenvoltura impressionante. Enquanto ela acerta e estabiliza o prumo do veleiro, a menina a observa, admirada com a segurança e a força que emanam daquela mulher que parece ter nascido para o mar.

— Você sempre navegou? — pergunta a garota.

— Sempre! Acho que já nasci em um barco. Meu pai, Seu Paulo do Porto, era um velho homem do mar. Dos melhores que já existiram por aqui. Ele me ensinou tudo o que eu sei.

Beatriz se lembra de seu pai. Como estaria ele agora? E sua mãe? A saudade lhe aperta o peito e ela sente receio de não conseguir voltar para casa ao fim de sua aventura. Suas lembranças são interrompidas pela competente comandante que, mar calmo, se senta ao seu lado.

— Preciso fazer uma pergunta: você veio lá da Terra de Cá, não foi?

— Como você sabe? — espanta-se a menina.

— Bem... as garotas daqui não costumam ficar viajando e andando por aí de camisola — responde Lara, em tom divertido.

— E você conhece a Terra de Cá? Sabe como eu faço para chegar lá? Um passarinho me trouxe, mas eu não tenho ideia de como voltar — pergunta uma ansiosa Beatriz.

— Eu esperava que você pudesse me responder isso.

A marinheira suspira e seus olhos se enchem d'água. O violonista chega até ela e a abraça. A moça se entrega ao choro; um pouco de mar lhe escorrendo pelos olhos.

— Eu falei alguma coisa errada? — indaga a menina.

— Não, você não fez nada. É que a Terra de Cá é um assunto complicado para a Lara.

A destemida mulher enxuga as lágrimas e se recompõe. Após novamente aprumar o veleiro, principia a contar a história da sua dor.

— Nós nunca saímos daqui, da Terra de Lá. Mas, vez ou outra, alguém do seu mundo aparece por aqui. Sempre chegam sem entender direito como vieram. Assim foi com Henrique. Certo dia, o barco dele foi pego em uma tempestade e ele apareceu em nosso mar, bem ao lado de onde eu estava com meu veleiro. Foi amor à primeira vista. Nos apaixonamos perdidamente e ele se deixou ficar.

— Eu acompanhei a história dos dois — comenta Antônio. — Era um romance lindo de se ver! Dois amantes do vento, do mar e da liberdade sonhando vida e aventuras juntos. Em uma noite tempestuosa, porém, Henrique sentiu que seu irmão estava em grande apuro, precisando desesperadamente dele. A sensação foi tão forte que, naquela mesma noite, ele partiu mar adentro, navegando em direção ao temporal. Disse que perseguiria a tempestade até que ela o levasse de volta.

Lara suspira longamente:

— Ele me prometeu que voltaria, que daria um jeito de voltar para mim. Isso já faz um ano e meio. Sonho toda noite com a volta do Henrique, mas as madrugadas frias só me trazem melancolia e saudade. Minha vida está sem rumo, meu céu perdeu sua estrela guia. — Os olhos de Lara voltam a marejar. — Queria que meu sonhar pudesse buscar quem mora longe... já o teria buscado mil vezes!

— Por isso você quer um pouco de esperança... — compreende Beatriz.

— Sim — responde a marinheira, esforçando-se para sorrir.

CAPÍTULO 8

Sonho Meu segue pelas águas do mar até a praia da Serra do Meio do Mundo aparecer no horizonte. No mesmo instante, um vento intenso acorda furiosas ondas até então adormecidas. Os viajantes se sobressaltam. Lara se movimenta de um lado para o outro, tentando domar vela e barco. Uma grossa chuva desaba repentinamente sobre o veleiro. O pequeno barco balança qual casca de noz em mar revolto.

Sem conseguir controlar a vela, a capitã do Sonho Meu decide por seu recolhimento. Enquanto o pano é retraído, uma forte onda quase lança Beatriz ao mar. Por sorte, Antônio a alcança no último segundo, quando o corpo dela já estava fora da embarcação. Segurando-a fortemente pelo punho, o violonista a puxa de volta para o barco. Tremendo de frio e de medo, a menina abraça Antônio.

— Cuidado! — grita a marinheira. — Protejam-se como puderem. É impossível controlar o veleiro nesse turbilhão!

Após recolher a vela, Lara relaxa o leme, deixando Sonho Meu livre para acompanhar os movimentos e a direção do oceano. O violonista se sobressalta:

— Você não vai tentar nos tirar daqui?

— Eu não consigo sozinha. Preciso do apoio das águas — retruca a loba do mar. — Iremos navegar com as ondas.

— Navegar com as ondas? — repete Beatriz, pasmada.

A estratégia da capitã se mostra eficiente. Navegando com as ondas, a embarcação corta velozmente a tempestade, enquanto ganha estabilidade. Para alívio dos tripulantes, o barco passa a balançar bem menos. Satisfeita, a marinheira se vira para a pequena tripulação:

— Como já dizia meu velho pai: o mar não tem cabelos para a gente agarrar. Não somos nós que o navegamos; é ele quem nos navega. Não somos condutores; somos passageiros do mar. Estarmos nele não altera o curso de suas águas. Ele simplesmente segue, nos carregando como se nem nos fosse levar.

De carona no caminhar do mar, o veleiro se afasta da turbulenta tempestade e segue em direção à praia da Serra do Meio do Mundo. O vento e o chacoalhar do barco diminuem gradativamente, até praticamente sumirem. Exaustos, molhados e aliviados, os três aventureiros atingem a branca areia da desafiadora ilha.

— Cumprimos a primeira parte da jornada — afirma Antônio. — Agora é encarar o desafio da subida da montanha.

— O Sonho Meu não escapou ileso à tempestade. Não poderei subir. Preciso ficar por aqui, fazendo os reparos necessários para que possamos navegar de volta — afirma Lara, examinando atentamente o casco da embarcação.

— Queria que você fosse com a gente — esmorece Beatriz.

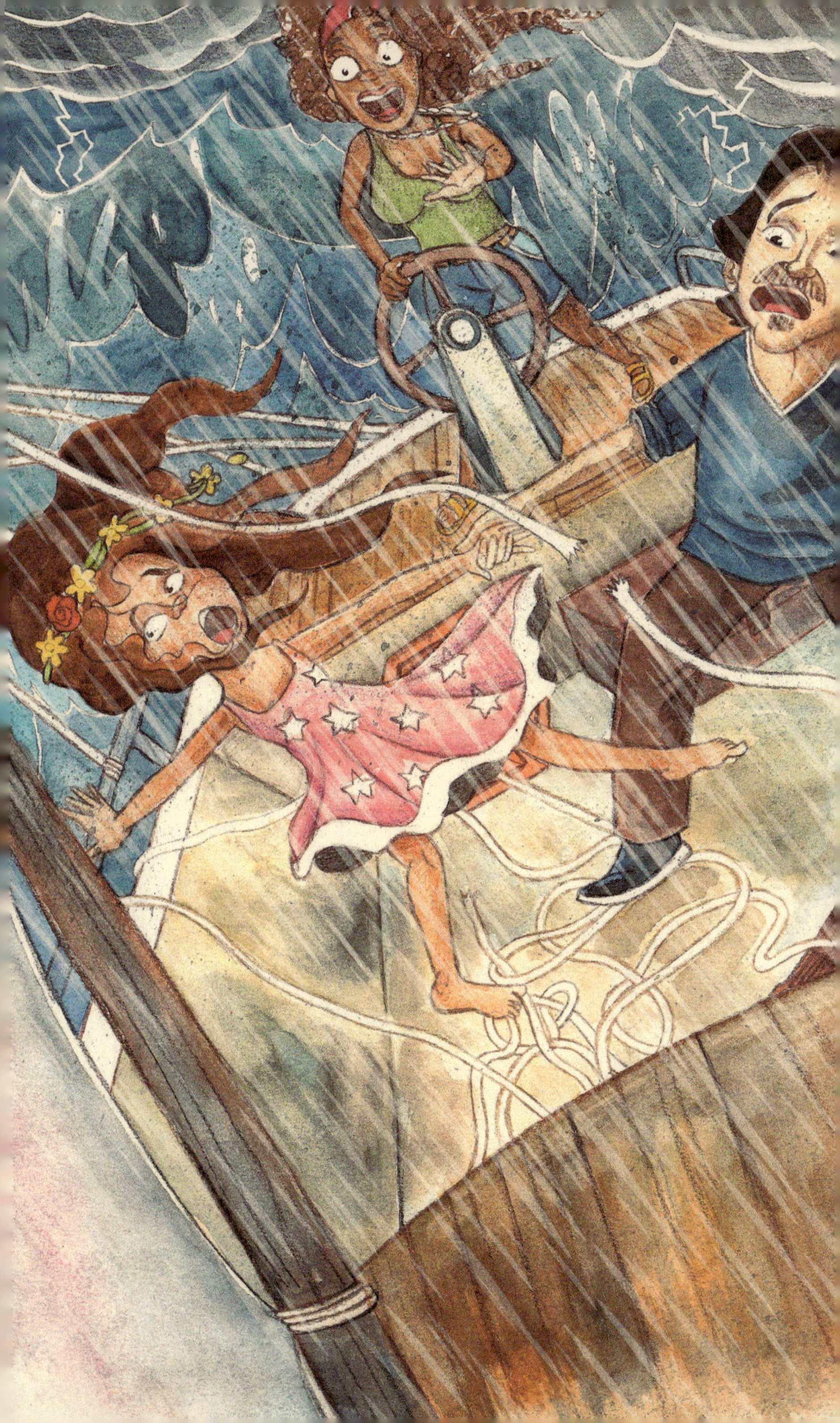

A garota tenta dissimular o abatimento que nasce em seu peito. Misturado ao sobressalto vivido no mar, sente medo do que poderia encontrar pela frente. Sua vontade é abandonar tudo e voltar para casa, para sua mãe. Seus ombros e sua cabeça tombam em desânimo. Notando o estado da menina, a capitã a toca no queixo, levantando a cabeça da jovem e olhando-a fundo nos olhos.

— Você é extraordinariamente forte de caráter, sabia? Sair em uma missão dessas, em uma terra que não é a sua... isso não é para qualquer um. Não mesmo! Só para um grande coração como o seu. Eu acredito no seu sucesso! A quantidade de determinação e amor que há em você podem te levar a qualquer lugar aonde você queira ir.

As palavras de Lara avivam a confiança e a coragem de Beatriz. Deixando os receios de lado, a jovem se vira para Antônio:

— Vamos? Queremos voltar antes do anoitecer, não é?

Antônio sorri. Juntando-se à menina, os dois seguem até um portal em escombros que determina o início da trilha que leva ao cume da montanha. Uma estranha dupla eles fazem: uma garota de camisola e um homem com um violão nas costas. Atravessando o portal, Beatriz se vira para o local da praia onde está Lara.

— Vou trazer esperança para você! — grita.

Sorrindo, a bela capitã responde com amplo aceno de despedida. Ali se deixa ficar por um tempo, a observar os amigos sumindo entre a vegetação, os sons de seus passos cada vez mais longe, suas vozes desaparecendo no vento. Torcendo para tudo dar certo, Lara começa a consertar o casco de Sonho Meu.

CAPÍTULO 9

O caminho, fácil e hospitaleiro a princípio, vai se tornando difícil à medida que a garota e o violonista prosseguem. A vegetação se fecha e a trilha fica cada vez mais estreita. Altas árvores tampam a luz do sol, transformando o dia em noite. A atmosfera se torna pesada; o ar, denso. O esforço da caminhada pesa sobre o ânimo dos andarilhos, que prosseguem em silêncio, aos trancos e barrancos, tropeçando e caindo aqui e ali. Nenhum dos dois ousa comentar o medo a crescer dentro deles.

Ao final de uma íngreme subida, Beatriz e Antônio se deparam com uma lagoa escura. Cansados, os dois decidem parar por alguns minutos, para recuperar fôlego e forças. Por mais que andem, a impressão dos viajantes é de que o topo da montanha fica cada vez mais distante. O violonista se recosta a um tronco de árvore enquanto a menina caminha até a margem da lagoa. Ajoelhada, ela molha rosto e cabelos, refrescando-se do cansaço.

Faces molhadas e olhar voltado para a água, a garota se dá conta do próprio reflexo na estática superfície da lagoa. Ela se vê de camisola e guirlanda florida na cabeça, os cabelos desgrenhados, os braços sujos dos tombos pelo caminho. Estica a mão até a água e a toca, bagunçando o frágil reflexo. Ao se refazer, a imagem vira outra. A Beatriz da lagoa está muito magra e chora. Ela procura por sua mãe e por seu pai, sem encontrá-los. Ela emite um grito desesperado, enquanto lágrimas de sangue escorrem por sua face.

Assustada, a Beatriz real grita qual seu reflexo na água. Ela corre até Antônio, mas este está tremendo, apavorado com algo que a garota não consegue atinar. Beatriz se senta ao lado do violonista e o abraça com força, tentando acalmar a ele e a si mesma.

— Você os vê? Eles estão aqui. Querem saber de onde venho, para onde vou e o que eu tenho para contar.

— Eles quem, Antônio? Eu não vejo ninguém — responde a menina.

— Eles. Um, dois, cem. Eles não param de vir.

E, então, a garota os vê. Um, dois, cem. Alguns a cavalo, outros a pé, vestidos e armados qual soldados. Rostos sem olhos e sem almas, violentas imagens fantasmagóricas matando tudo ao redor dos viajantes. Beatriz se agarra com força ao violonista, os dois parados no meio daquele mundo, amedrontados e tremendo juntos. O mundo sem sombra, sem sol e sem vento.

— Chegou a nossa hora? É isso, Antônio? Nós vamos morrer?

Uma das imagens fantasmagóricas derruba Antônio ao arrancar violentamente o violão de suas costas. Jogado para longe, o instrumento cai na escura lagoa e logo afunda. Antônio chora. A menina se põe ao seu lado, chorando também.

— Nós vamos morrer — constata a desesperada jovem.

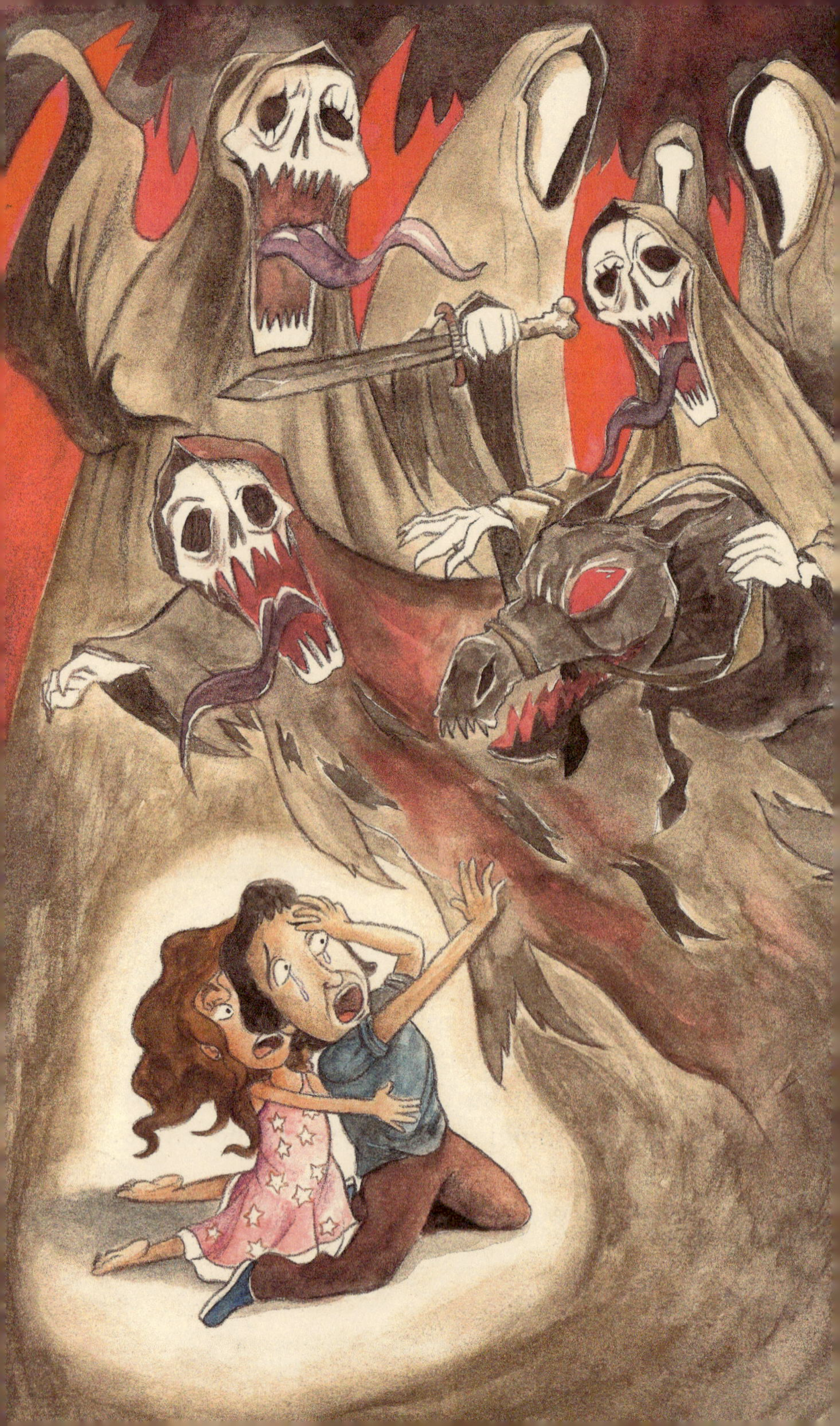

A Beatriz da lagoa emerge da água escura, o rosto cadavérico. Atrás dela, surgem os cadáveres de seus pais. A garota não quer ver aquilo. Consumida por medo e desespero, ela fecha os olhos com força. No intuito de abafar os assustadores sons ao seu redor e de espantar o pavor que a paralisa, tenta debilmente cantarolar algo.

— Quem me dera eu tivesse uma viola para cantar. Eles levaram meu violão — Antônio chora copiosamente. — Me tiraram violão, alegria, amor...

O violonista se recolhe em si mesmo, encolhendo o corpo, tampando os ouvidos para as violências daqueles soldados. Exauridos de suas forças, os dois amigos já não tentam resistir aos horrores da montanha. Espírito aniquilado, a menina olha para o chão, sua coroa de flores caindo com seu abaixar de cabeça.

Beatriz apanha a guirlanda e a observa com olhar ausente. Tão longe lhe parecem os eventos que viveu! A beleza das coloridas flores não combina com o horror daquele lugar. A garota se lembra de Marilu trançando as flores amarelas. Lembra-se da pele cor de terra e dos vivos olhos de chuchu da amiga. Imagina-se dançando novamente em meio àquele povo festivo. Ela se lembra do Poetinha beijando a única flor vermelha da guirlanda. Ainda agora, tão distante, consegue sentir o amor e a generosidade que emanam do olhar do velho fazedor de versos. Consegue ouvir sua gostosa risada.

A cada lembrança evocada pelas flores, o medo perde um pouco de espaço no íntimo da menina. E, à medida que as recordações lhe despertam emoções, a guirlanda se ilumina, qual ponto de luz na escuridão. O brilho da coroa de flores dissipa a Beatriz das águas e as horripilantes imagens de seus pais. A garota sorri e seu sorriso desfaz o restinho de temor que teimava em permanecer na sua mente.

Ao lado da jovem, o violonista é mero farrapo humano, consumido por pânico incontrolável. Beatriz o chama e o sacode, tentando arrancá-lo de seus medos. Nada. O que fazer? Lembra-se do violão jogado na lagoa. Nada poderia evocar mais alegrias e ternuras em Antônio que o seu violão. Decide buscá-lo.

Com a guirlanda em mãos, a garota mergulha nas escuras águas da lagoa, a luz das flores iluminando abaixo d'água. Enxergando o violão nas profundezas daquele mundo aquático, a menina vai lá no fundo buscá-lo. Retorna quase sem fôlego, carregada com o instrumento e a expectativa de conseguir ajudar o amigo.

Beatriz se apressa em colocar o violão no colo daquele homem que lá só está por ter tido a delicadeza de acompanhá-la. Com ternura, sussurra em seu ouvido:

— Antônio, agora você tem a viola para cantar.

As palavras da garota quebram o transe em que o violonista se encontra. Ele começa a tocar e a cantar. Timidamente, a princípio, animadamente em seguida. Como mágica, a música espanta as figuras fantasmagóricas que aterrorizavam a dupla de viajantes. Espanta um, espanta dois, espanta cem. Espanta também a escuridão a pesar sobre a montanha, trazendo de volta o dia, o sol e o vento.

CAPÍTULO 10

Beatriz e Antônio haviam conseguido! Haviam bravamente enfrentado seus medos mais assustadores e sombrios. O coração da garota estava a ponto de explodir de felicidade! Acompanhando o violão de Antônio, a menina canta, dança, roda, pula. O violonista se diverte com a agitação da jovem, também ele repleto de alegria.

— Acredito que não teremos mais problemas com a montanha — diz o homem. —Agora é colocar novamente o pé na estrada, porque o dia está acabando e ainda temos um bom caminho pela...

A frase de Antônio fica solta no ar, seu final engolido pela expressão estupefata do violonista. Sem entender o que se passa, a garota para de dançar. Ao seguir o olhar do amigo, Beatriz também fica boquiaberta. Os viajantes se percebem a apenas alguns passos do cume da Serra do Meio do Mundo.

— Como isso é possível? Como chegamos aqui? — pergunta a jovem.

— Também não compreendo. Estávamos sempre tão distantes. Por mais que andássemos, a impressão que eu tinha era de que o pico ficava cada vez mais longe.

— É isso! — raciocina a menina. — É isso, Antônio!

— Isso o quê?

— Quando nos despedimos do Poetinha, ele disse para eu não esquecer que a distância não existe. Ainda não entendo, mas acho que ele sabia que o topo da montanha nos enganaria. Acho que o pico só parecia estar longe por causa do nosso medo de não chegar lá.

— Talvez a distância acompanhe o tamanho dos nossos medos — raciocina o violonista.

Repletos de expectativas, os viajantes dão as mãos e, juntos, vencem os poucos metros que os separam do cume. No alto da serra, os dois se deparam com a bela visão de uma mulher ao longe, movimentando-se graciosamente em meio a nuvens, qual bailarina irreal a dançar no céu. A Esperança! Beatriz entende assim que a vê. A jovem sorri:

— A Esperança é uma mulher!

— Vá lá, eu a esperarei por aqui. Essa é a sua busca. Esse momento é seu —Antônio diz a ela, beijando-lhe a testa.

Devagar, a menina se desloca até onde está a Esperança. Descalça, a mulher dança com a leveza de quem flutua sobre nuvens. Carrega uma sombrinha e usa um vestido esvoaçante que parece combinar todos os tons de verde existentes no mundo. Seus longos cabelos estão delicadamente enfeitados com flores do campo. É a imagem mais linda que a garota já presenciara na vida. Ao perceber a jovem, a mulher sorri com ternura.

— Olá!

— Oi, eu sou a Beatriz.

— Bem-vinda, Beatriz! Eu sou a Esperança.

Percebendo que a mulher se sustenta sobre uma estreita corda que vai dali até o cume de uma outra montanha adiante, a jovem se inquieta:

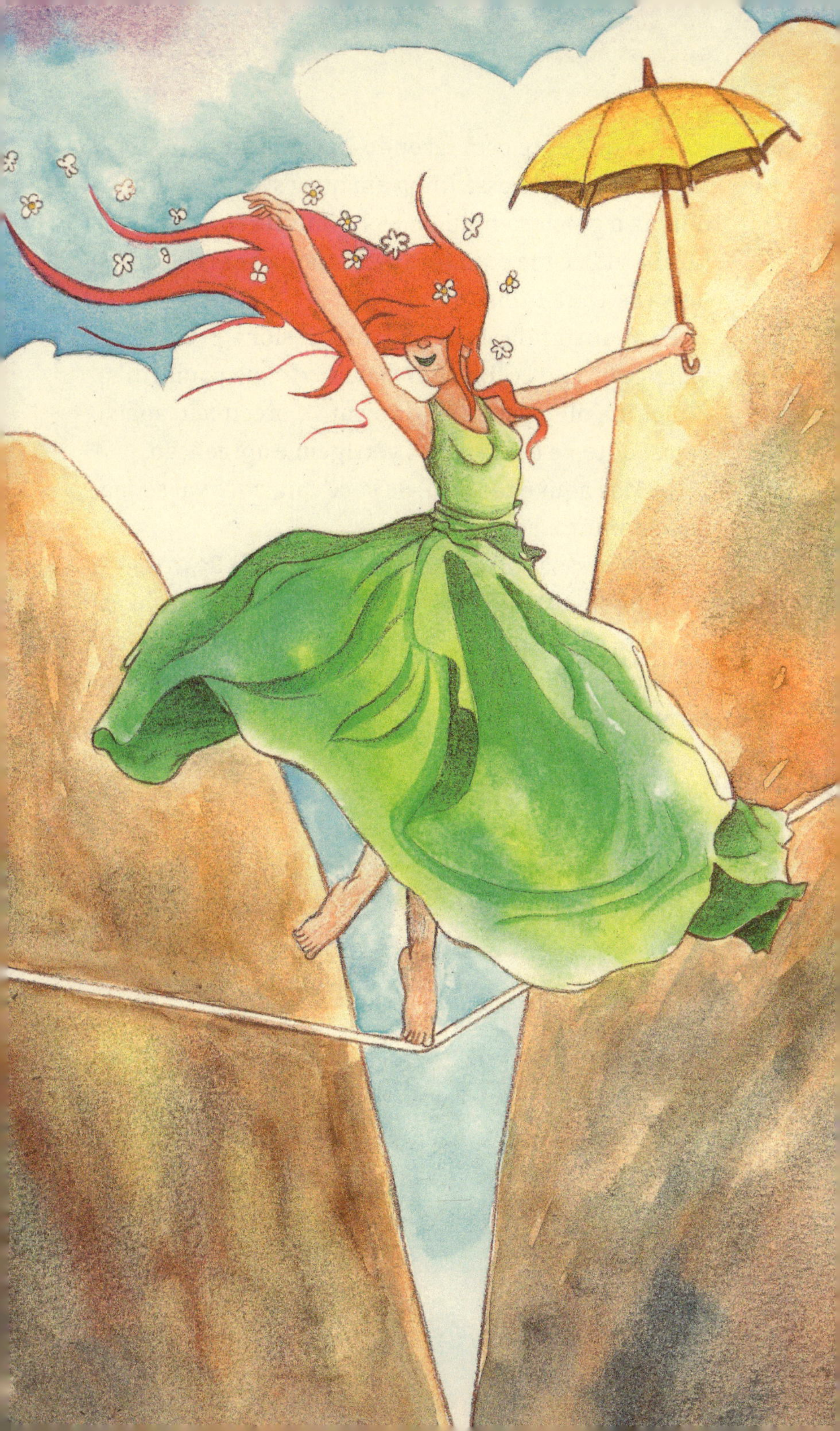

— O que você está fazendo, Esperança?

— Está vendo essa linha em que estou pisando? — mostra a graciosa mulher. — É a minha corda bamba. Minha vida é me equilibrar, andando para lá e para cá nessa estreita linha.

Enquanto fala, Esperança se desloca pela corda, balanceando o corpo com a ajuda de sua sombrinha. A menina olha para a corda e para o precipício abaixo dela. Sente-se tomada por vertigem e apreensão.

— Mas aqui é tão alto! Se você cair, você vai se machucar muito. Pode até morrer.

— As pessoas precisam de mim, querida Beatriz — A equilibrista explica com carinho. — Veja: a tarde cai e a noite se aproxima. Já, já a lua surgirá no horizonte para me iluminar com o brilho que ela empresta das estrelas. É hora!

— Hora de quê?

— Do meu espetáculo. É com ele que eu preencho os corações das pessoas que sonham comigo. Meu público precisa de mim!

A garota se lembra do Pedro, do povo da Marilu e da Lara.

— Eu sei. Aqui na Terra de Lá entendi o quanto você é importante. Você é o combustível dos sonhos e do acreditar das pessoas. E o que é a vida sem isso? É um nada. Um nada pesado e triste.

— Por isso você veio até mim, não foi? — pergunta Esperança.

— Sim. Quero muito ajudar os amigos que eu fiz pelo caminho. Você pode fazer algo por eles? — suplica a jovem.

— Você chegou até aqui superando os perigos da Serra do Meio do Mundo. Claro que eu ajudo! Vejamos...

Esperança pendura a sombrinha na fina corda que a sustenta e, corpo elegantemente equilibrado, examina as nuvens no profundo vão abaixo de seus pés. Executando suaves gestos de mãos e braços, faz inúmeras esferas transparentes, qual frágeis bolhas de sabão repletas de neblina, se levantarem do enevoado precipício. Com novo gesto delicado, a mulher chama três dessas fluidas bolas para perto de si.

Boquiaberta, a menina observa maravilhada. No desvanecer da neblina do interior das esferas, a garota repara que cada uma delas carrega a imagem de uma ou mais pessoas. Nas três bolhas a flutuar perto da equilibrista, Beatriz divisa rostos conhecidos: o pensativo Pedro na primeira esfera, Marilu e seu povo na segunda e Lara na terceira. Esperança observa as três bolhas com atenção.

— Pedro já não me enxerga. Quando para cá olha, vê apenas nuvens a encobrir a montanha. O povo de Marilu e Lara pouco me percebem. Sou para eles mero ponto de luz tênue e fugaz em meio a um céu nublado. Estão me perdendo de vista. Todos os dias eu me apresento em lindo espetáculo, mas eles não se dão conta.

Com expressão comovida, Esperança se vira para a garota. A mulher sente as dores daquelas pessoas. Seus olhos estão úmidos, em estado de quase choro.

— Enviarei um sopro de esperança a cada um, mas não sou capaz de fazer mágica. Meu sopro pode ajudar, mas o acreditar novamente depende deles.

A equilibrista pega a esfera de Pedro e a posiciona bem próxima ao próprio rosto. Soprando longamente, a enche com uma névoa esverdeada que recai sobre o pedreiro. No interior da bolha, Pedro aparenta perceber algo. Levantando-se do banco, o pedreiro olha para cima. Como se tomando banho de chuva, ele abre os braços e se deixa ficar, o rosto em largo sorriso, o olhar repleto de possibilidades.

A mulher realiza a mesma ação com as outras duas esferas, a névoa esverdeada provocando a mesma reação em Lara, em Marilu e em seu povo. A menina observa, feliz e encantada. Também a equilibrista está feliz. Satisfeita, ela faz uma concessão a Beatriz:

— Em homenagem a você, que veio de tão longe, hoje enviarei um sopro extra de esperança a todos os habitantes da Terra de Lá.

Girando sobre o próprio corpo, a bela mulher espalha longo sopro esverdeado sobre todas as outras esferas. O efeito é imediato. Sons de contentamento, euforia e risadas escapam das diversas bolhas, preenchendo de alegria a Serra do Meio do Mundo. Emocionada, a jovem mal encontra palavras para agradecer.

— Obrigada! Isso é tão maravilhoso! Eu nem sei o que dizer.

— Não é preciso agradecer. Eu existo para isso — responde a equilibrista, enquanto as esferas voltam para o precipício sob seus pés.

Observando a bela mulher, Beatriz tem vontade de também aprender a andar sem os pés no chão. Pensa que poderia ser feliz para sempre soprando esperanças pelo mundo. Para sempre... mas existiria um "para sempre"? Ou o "para sempre" estaria sempre por um triz? A um passo de se desequilibrar em uma corda bamba? Os pensamentos da menina são interrompidos por um movimento menos preciso da Esperança, que se desestabiliza, balançando perigosamente a corda. A mulher bambeia, mas logo apruma o corpo e retoma o equilíbrio. A menina se assusta. A linha em que a Esperança está é tão fina! O coração de Beatriz balança com a corda.

— Você não tem medo? — quer saber a jovem.

— Claro que sim — segreda a equilibrista. — Já titubeei e quase caí inúmeras vezes. Mas, no último instante, quando tudo parece perdido, sempre me aprumo e continuo. Sou uma artista, minha jovem. E o show de todo artista tem que continuar.

Qual uma artista ao fim de um espetáculo, Esperança se curva e faz uma mesura.

— Agora preciso ir. Lembre-se de mim quando precisar acreditar. Eu estarei sempre aqui, equilibrando-me para você.

A bela mulher manda um beijo para a garota e executa um gracioso rodopio. De costas para a menina, segue firme pela corda bamba, evoluindo em direção à outra montanha. Beatriz a observa até ela ficar bem distante, mero ponto verde no horizonte. Sentindo-se leve e serena, a jovem retorna à companhia de Antônio. Missão cumprida, os amigos principiam o caminho de volta.

CAPÍTULO 11

Garota e violonista descem a serra iluminados pelos últimos tons de laranja a restar no horizonte... o sol retirando-se para a noite chegar. Lara se emociona ao vê-los retornar sãos e salvos. Com o barco consertado, os três marujos se lançam novamente ao mar, oceano de águas calmas e pacíficas desta feita. Sob a luz de uma lua cheia e brilhante, a viagem de volta é preenchida com animadas narrativas das aventuras vividas. No porto, entre os beijos e abraços de despedida, a capitã confessa à jovem:

— Enquanto vocês se aventuravam na serra, eu observei e conversei com o mar e com o vento. O mar às vezes responde às minhas perguntas, sabia? Ele me disse que o Henrique está chegando. Não amanhã, ou depois; hoje! Aquela estranha tempestade o trouxe de volta e ele não tarda a despontar aqui no porto.

Meio incrédula e sem saber o que dizer, a menina apenas escuta.

— Eu não conversava com o mar desde que fiquei só. Acho que foi o sopro da Esperança que me fez acreditar novamente nos caminhos da vida e nas mensagens das ondas.

A lembrança das coisas fantásticas e absurdas que vivera desde que chegara àquele mundo desfaz a incredulidade de Beatriz. Se ela podia passear entre as estrelas em um trem, dançar com um povo cor de terra e milho, enfrentar uma lagoa escura com a luz de uma coroa de flores e conhecer a Esperança, por que não poderia Lara conversar com o mar?

— Eu tenho certeza de que já, já vocês estarão juntos de novo! — afirma a garota.

Do porto, Antônio conduz a menina até a praça central do pequeno e colorido povoado, local onde poderiam reencontrar o poeta e se alimentar. Lá chegando, se deparam com a cidade em festa. As pessoas comemoram, cantam e dançam a esperança renascida nos corações cansados. No meio de uma roda de músicos, o Poetinha os recebe com euforia:

— Salve, salve, queridos amigos! Eu tinha certeza de que vocês conseguiriam!

O poeta abraça carinhosamente a dupla. Enquanto o violonista se junta aos músicos, Beatriz, emocionada, mostra ao fazedor de versos a guirlanda que leva à cabeça.

— Eu só consegui por causa das flores que você e a Marilu me deram. Com elas pude enfrentar os meus medos. Obrigada!

— Não, garotinha, não são as flores. Você conseguiu porque existe enorme amor e compaixão em você. A flores podem até te ajudar a se lembrar das suas relações de carinho, mas é o amor que te dá coragem e te torna gigante.

A menina matuta as palavras do fazedor de versos. Antes de abandonar a roda de música para curtir o restante da festa, vira-se para ele uma vez mais:

— Você também subiu a montanha e se encontrou com a Esperança, não é?

Sem nada dizer, o Poetinha se limita a lhe sorrir e a lhe dirigir um aceno de cabeça.

Sob a lua cheia e brilhante, Beatriz aproveita a grande festa na praça. Estre danças, conversas e comilanças, conhece Irene, jovem de solta e contagiante risada; conhece Zé do Caroço, homem de discursos profundos que batalha pelo bem de seu povo; conhece Maria, mulher cheia de força, raça e graça.

Muitas histórias também escuta a garota. Acha graça na da senhorinha que gostava de passear de chapéu e sombrinha. Fica intrigada com a do homem que gostava de andar sozinho, escrevendo sonhos em letras grandes pelos muros da Terra de Lá. Se enraivece com a do rei mal coroado que não permitia amor em seu reinado. Se encanta com a do menino de fogo nos olhos que, como um guerreiro, partiu sonhando conquistar terras e gentes.

Naquela noite festiva, a menina também conhece o capoeirista Jiló. Destemido e ágil, Jiló tem andar gingado e malemolente. Movimentando-se com destreza e segurança, o capoeirista ensina a jovem a gingar e a desferir seus primeiros golpes de capoeira. Beatriz curte a brincadeira. Deixando-se conduzir pelo som do berimbau e pelas batidas do atabaque, ela entra na roda diversas vezes, jogando até ser vencida pelo cansaço.

— Olha, você leva jeito, garota! Se continuar treinando, um dia será uma grande capoeirista — declara Jiló.

— Obrigada. Eu gostei muito de jogar com você!

— Venha mais vezes. Sempre fazemos rodas ao anoitecer.

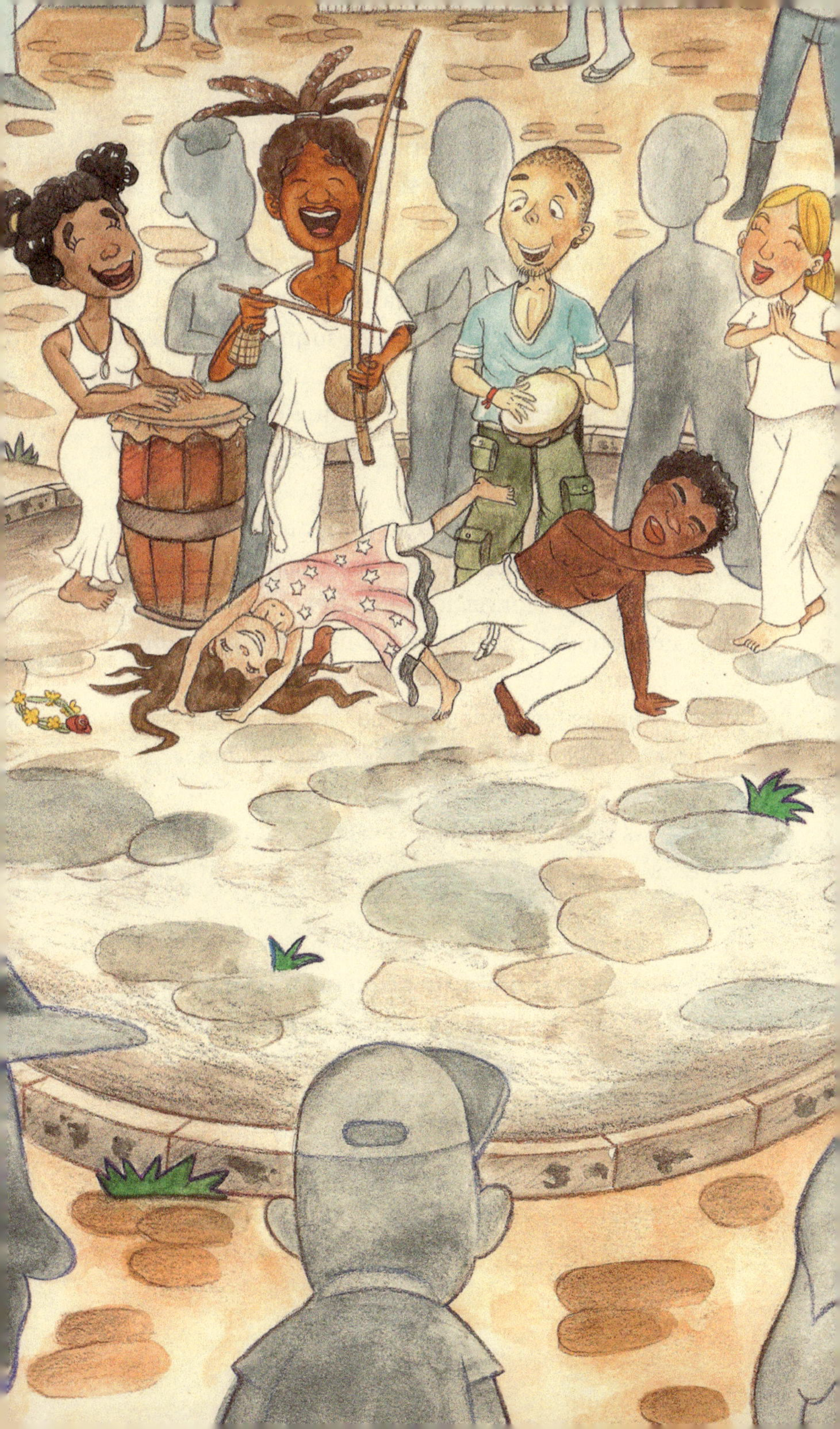

— Eu ia adorar, mas tenho que arranjar um jeito de voltar para casa. Eu não sou desse mundo. Sou lá da Terra de Cá — responde a menina.

— Você é a jovem que subiu a Serra do Meio do Mundo? — pergunta o capoeirista, impressionado. — Bravo!

— Você ouviu falar de mim? — surpreende-se Beatriz.

— Claro! Todos por aqui ouviram falar de você, a corajosa garota da Terra de Cá que enfrentou mar e montanha para trazer esperança para o povo da Terra de Lá!

Beatriz se sente simultaneamente satisfeita e encabulada. A consciência de ter ajudado pessoas conhecidas e desconhecidas é prazerosa. Mas ela sente cada vez mais a falta de seus pais e de seu mundo. Ela quer tanto poder se deitar novamente em sua cama... seu olhar se enche de saudosa tristeza. Percebendo o esmorecimento da menina, Jiló resolve ajudar.

— Garota, vou contar um segredo a você que poucas pessoas sabem: a distância e o tempo não são rígidos, eles se transformam de acordo com a maneira que nós olhamos para eles.

— Como assim? Eu não entendo.

— Antes o mundo era pequeno porque a Terra era grande. Hoje o mundo é grande porque a Terra é pequena. O longe era perto e o perto ia só até ali defronte. Assim acontece com o tempo: ele não passa; ele anda lado a lado conosco. Não é de ontem nem é de hoje; não está preso nem foge.

Confusa, a garota se esforça para entender o que o capoeirista lhe explica. Mas as palavras do homem não fazem muito sentido em sua mente. Jiló prossegue na explanação:

— Até pouco tempo atrás, o seu mundo estava a uma distância que não conseguíamos percorrer nem com o tempo de uma vida. Hoje, o longe ficou mais perto e o impossível se tornou possível.

— Isso quer dizer que eu posso voltar para casa? — empolga-se a jovem.

— Claro! Só depende de você saber como fazer.

— E como eu faço?

— Bem... de jangada leva uma eternidade... e de saveiro leva uma encarnação... — reflete o capoeirista. — Para você conseguir voltar antes que a saudade devore suas alegrias, precisaremos chamar o vento.

— Chamar o vento? — estranha Beatriz.

— Sim. O tempo voa nas asas do vento. Ele é a sua melhor chance para vencer a distância até sua casa.

— E como eu chamo o vento? — questiona a menina.

— Conheço uma pessoa que sabe fazer isso. Venha comigo!

Jiló e a garota deixam o festivo clima da praça para trás. Mal conseguindo segurar a ansiedade pela perspectiva de conseguir voltar para casa, a jovem segue o capoeirista em direção a uma pequena aldeia de pescadores à beira-mar.

CAPÍTULO 12

Na praia, sentado na areia ao lado de uma jangada, está um velho pescador que parece fazer parte daquele cenário praiano. É Doca, o homem que fala com o vento. Jiló lhe apresenta a jovem e lhe explica toda a situação.

— Você pode me ajudar a voltar para casa? — pergunta a menina.

— Tudo depende do vento. Teremos que chamá-lo.

A voz grave e o jeito calmo do homem transmitem enorme paz e tranquilidade. Beatriz sente que, de alguma forma, tudo dará certo. Ela e Jiló auxiliam o pescador a empurrar a jangada para o mar, os três embarcando assim que a altura da água o permite. Sob a luz da lua cheia, Doca conduz a jangada para longe da praia.

Quando atingem boa distância da areia, o jangadeiro para a pequena embarcação. Afastados da terra, os sons do vilarejo não mais alcançam os navegantes. Naquele momento, todo o som do mundo se resume ao calmo barulho do balanço do mar. De pé na jangada, Doca olha para um lado e para o outro, buscando um vento que lá não está. Olha também para o alto, para o céu estrelado a pairar sobre sua cabeça. Em respeitoso silêncio, garota e capoeirista observam o velho homem do mar.

— O vento está adormecido. Teremos que acordá-lo.

— Adormecido? — angustia-se a jovem, aflita com a possibilidade de não conseguir retornar ao seu mundo.

— Calma — pondera o pescador. — Ainda nem tentamos falar com ele. Não se desassossegue antes do tempo.

— Tenho medo de que ele não apareça. Eu quero tanto voltar para casa!

— Eu entendo. Também amo regressar ao lar. Quem não ama? — o jangadeiro lhe fala com ternura. — Desbravo os mares desde muito novo. Aprendi a amar as águas e o vento, como as aves amam o céu. Mas voltar para casa... ah! É sempre uma grande alegria!

— Ninguém conhece mais sobre peixes e ventos que o Doca. Confie nele! — opina Jiló.

— Minha aldeia depende da natureza, depende do vento. O vento nos fornece o sustento que precisamos para viver — explica o pescador.

— O vento? — indaga a menina.

— Sim. O vento venta na vela, a vela leva o barco, o barco leva a gente e a gente pega o peixe que nos dá dinheiro. Se pescamos curimãs, é porque contamos com a ajuda do vento. — O jangadeiro olha novamente para o céu e para os lados. — Vamos chamar o vento! De pé na jangada, Doca começa a assoviar melodicamente, seu assovio preenchendo a imensidão do mar e da noite. Ao afinado som, segue-se ligeira movimentação na água que rodeia a embarcação. Deslumbrada, Beatriz percebe que a agitação é resultado de inúmeros peixes a nadar em volta da jangada. Iluminados pela lua cheia, os peixes brilham qual prata reluzente.

— Os curimãs já responderam ao chamado do Doca. O vento não deve tardar — informa o capoeirista.

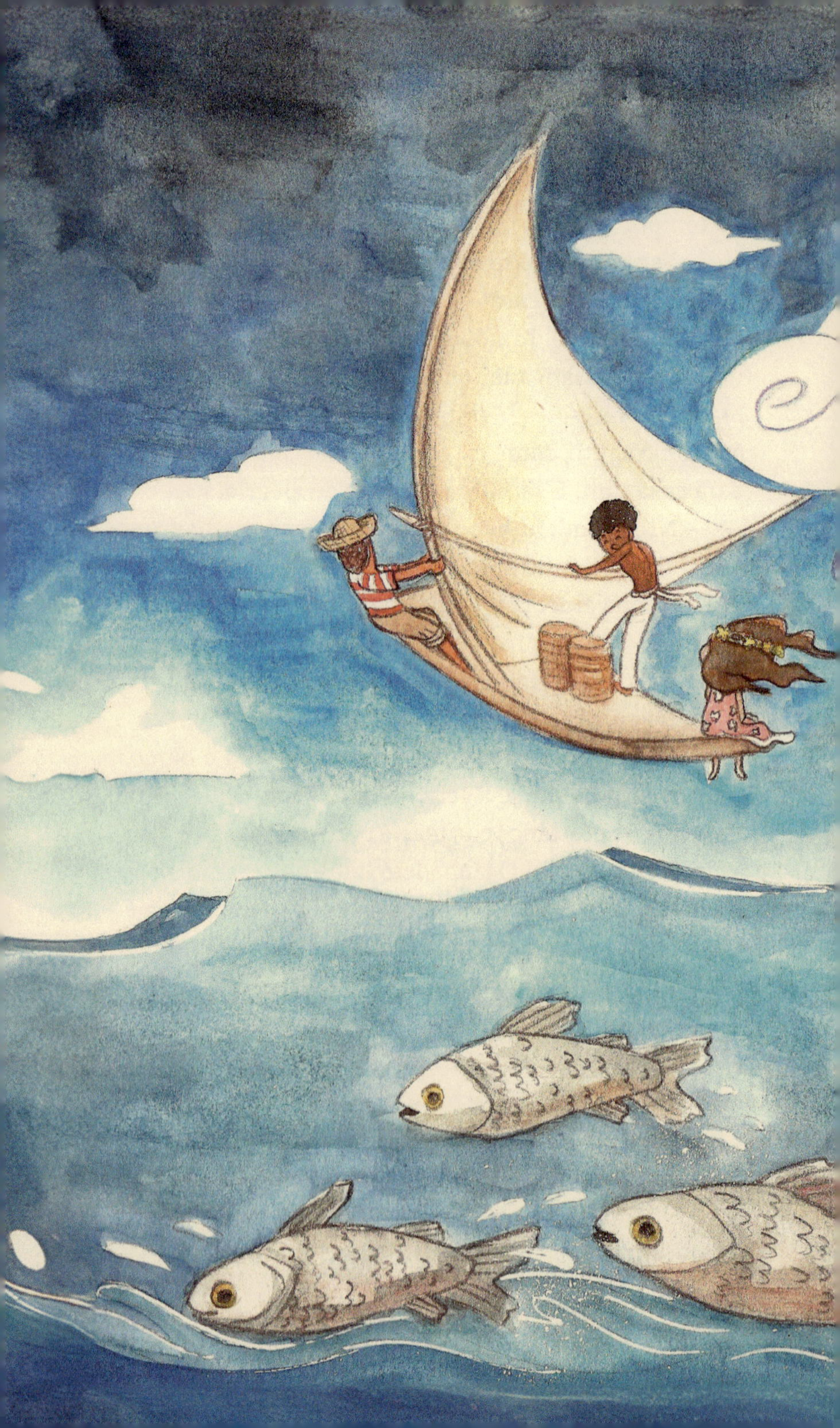

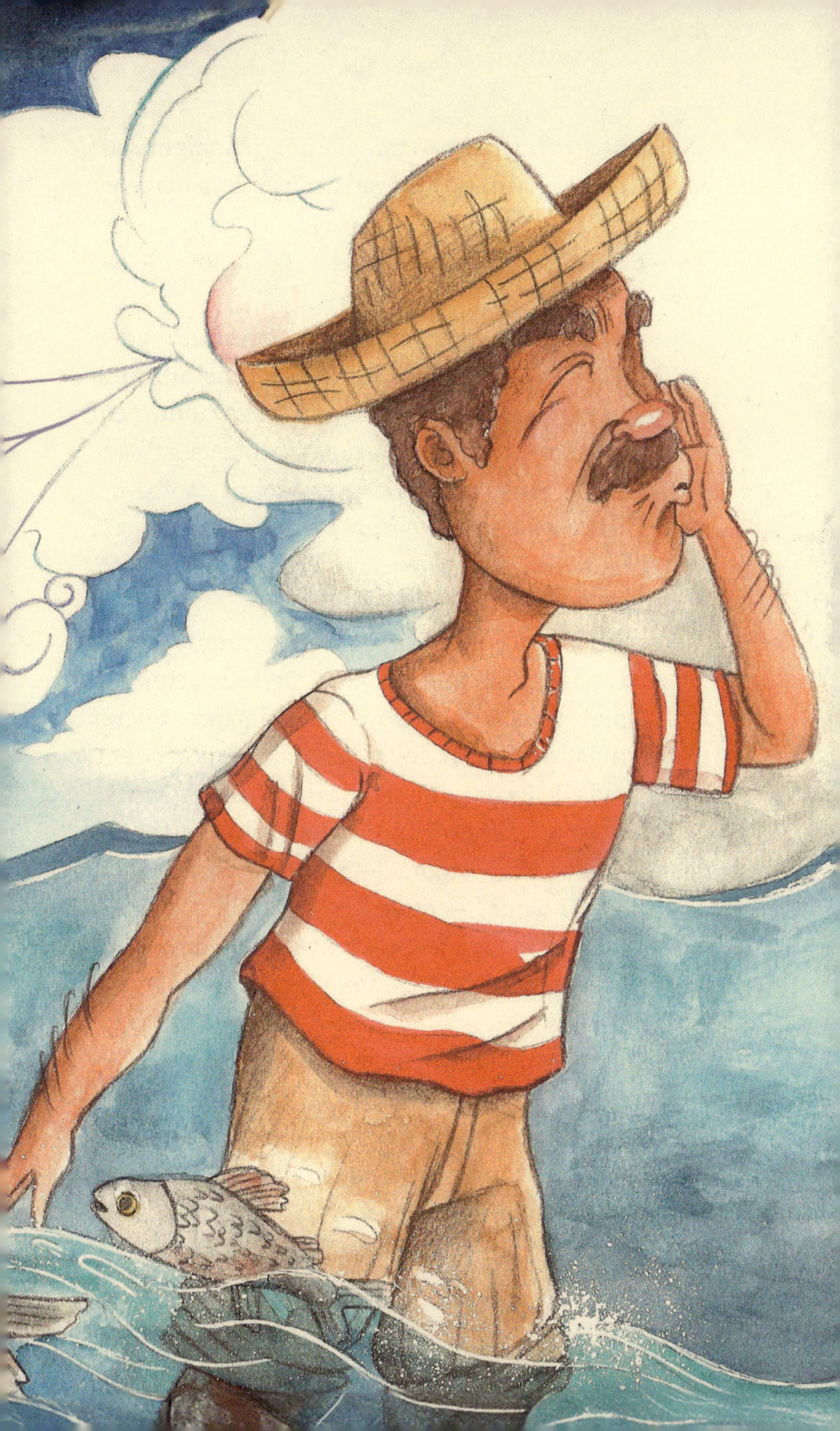

O vento realmente não tarda. Após mais alguns assovios, os tripulantes da jangada começam a perceber leve brisa a lhes acariciar o corpo.

— Ele está chegando — adverte o pescador. — Segurem-se!

Jiló e a garota se seguram como podem nas madeiras da pequena embarcação. A brisa se transforma em vento que infla a vela da jangada, movimentando-a em direção ao mar aberto. Doca dá uma gostosa gargalhada de satisfação. Entre risadas alegres e soltas, também o capoeirista e a menina se entusiasmam. Saltando para fora d'água, como a comemorar a chegada do vento, os curimãs acompanham a embarcação.

À medida que a jangada adentra o mar aberto, o vento se intensifica. A embarcação se movimenta mais e mais rápido. Fica tão veloz que parece querer se desgrudar do mar. Todos se seguram como podem. A guirlanda de Beatriz lhe escapa da cabeça e quase se perde na noite, Jiló a segurando no último instante.

— Se preparem. É agora! — alerta o pescador.

— É agora o quê? — quer saber a jovem.

Não há tempo para resposta. Atingindo uma velocidade estonteante, a jangada se liberta das águas e ganha os céus.

— Uau! — exclama a garota, estupefata.

Atingindo uma altura entre o mar e as estrelas, a jangada passa a se mover em suave planar. Enquanto Doca, ao leme, controla a direção da embarcação, a menina e o capoeirista curtem a viagem sentados no piso da jangada, os pés para fora, soltos no ar. Pelo caminho, a jovem visualiza pequenas cenas que se vão apresentando por entre as nuvens a passar. Beatriz vê Pedro, feliz e sorridente, beijando a barriga grávida de sua esposa; vê Marilu e seu povo, dançando contentes em meio à chuva que cai sobre as plantações; vê Lara e Henrique, velejando juntos, alegres e livres. A garota se emociona, sentindo-se completa como nunca antes.

A viagem não demora muito. À hora do acordar do dia, com a luminosidade matutina começando a querer espantar a escuridão da noite, uma cidade surge ao longe. Minúsculos a princípio, os grandes edifícios vão se tornando mais e mais altos à medida que os viajantes se aproximam do centro urbano. Por entre as construções familiares, a menina ensina a Doca o caminho que leva à sua casa. Quando finalmente se depara com o arranha-céu em que mora, seu coração dispara.

— É ali! Lá está a minha casa! — grita, exultante.

Com o direcionamento de Beatriz, Doca conduz a jangada até a janela do quarto da jovem e lá estaciona a embarcação. Os três tripulantes se entreolham.

— Parece que chegou a hora de nos despedirmos — Jiló quebra o silêncio.

— Sim — concorda a garota, virando-se para o pescador. — Obrigada por chamar o vento para mim. Obrigada por me trazer de volta para casa. Eu nunca vou me esquecer da sua bondade.

A menina abraça fortemente aquele homem simples e sábio, uma lágrima escapando dos olhos cheios d'água. Depois, virando-se para o capoeirista e já sem conseguir segurar a emoção, também lhe dá um forte abraço.

— Eu nunca me esquecerei de você e da ajuda que me deu. Quem sabe um dia nos reencontramos em uma roda de capoeira?

Jiló recoloca a guirlanda que salvara do vento na cabeça de Beatriz.

— Achei que você não iria querer perder isso.

A garota sorri, agradecida:

— Muito obrigada. Por tudo!

A jovem se vira, preparada para pular para seu quarto. Antes de saltar, entretanto, volta-se uma última vez:

— Mande lembranças ao Antônio, ao Poetinha e à Lara. Eu sempre me lembrarei deles! Se um dia você os encontrar, mande lembranças também à Marilu dos olhos de chuchu, ao pedreiro Pedro e à Esperança equilibrista — a menina sorri um sorriso de despedida. — Nunca me esquecerei das aventuras que vivi na Terra de Lá!

Beatriz dá um grande impulso e salta janela adentro.

CAPÍTULO 13

A aterrisagem da jovem no quarto não é nem um pouco suave. Esbarrando os pés em sua escrivaninha, ela se estatela no chão, derrubando atrás de si um porta-lápis cheio de badulaques e uma luminária. A queda dos objetos faz enorme barulho. A lâmpada da luminária se espatifa e os objetos do porta-lápis se esparramam pelo piso do quarto.

Antes que a garota possa se recompor, a porta de seu quarto se abre. Por ela entram seu pai e sua mãe, os dois em roupas de dormir, expressões assustadas com a barulheira proveniente do quarto da filha. Beatriz se lança nos braços dos pais.

— Desculpem, eu não quis ir embora de casa! Eu senti tanto a falta de vocês! Eu queria voltar, mas eu não sabia como... e... e...

Pai e mãe trocam olhares confusos. As palavras da menina não fazem sentido algum. Os dois a abraçam. A mãe lhe acaricia carinhosamente os cabelos.

— Calma, meu amor, que agonia é essa? — fala, com voz terna, a mulher. — Você andou sonhando. Está tudo bem. Você está aqui e nós estamos juntos.

Beatriz olha para a mãe e para o pai. Os dois estão tranquilos, como se nada houvesse ocorrido. Agora é ela quem fica confusa.

— Mas... como? Eu achei que vocês estavam morrendo de preocupação com o meu sumiço. Esse tempo que eu fiquei na Terra de Lá procurando a Esperança...

— Bia, sei como é — manifesta-se o pai. — Às vezes temos sonhos tão reais que acordamos desorientados e demoramos a nos desligar deles. Mas você não saiu daqui, querida. Assistimos àquele filme ontem à noite e, como sempre, você veio para a cama emburrada, chateada por ter horário para dormir. Lembra? Isso foi há algumas horas apenas.

O pai olha os objetos caídos no chão. Com o chinelo, ele junta os cacos da lâmpada em um canto do quarto, enquanto a mãe conduz a filha para a cama, ajeitando-lhe o travesseiro e a coberta.

— Será que temos mais uma sonâmbula na família? — questiona a mãe, com um meio sorriso no rosto. — Achei que a prima Nena era a única.

— Não sei — brinca o pai. — Só sei que ainda são cinco da manhã. Isso não é hora de ninguém estar acordado em um domingo.

Transtornada e sem conseguir organizar pensamentos e ideias, Beatriz se deixa levar pelos cuidados da mãe. Na cama, diz uma vez mais:

— Mas não é possível. Tudo parecia tão real. Não pode ser sonho!

— Durma, meu amor. Ainda é muito cedo, termine de dormir. Tenho certeza de que, após mais algumas horinhas de sono, sua confusão acabará. É provável que você nem se lembre mais do seu sonho.

A mãe lhe beija carinhosamente a testa. Ela e o pai da menina se dirigem para a porta. Antes de fechá-la, seu pai lhe sopra um beijo.

— Bom sono, querida!

Sozinha no quarto, a jovem se questiona sobre a veracidade do que vivera. Seus pais deviam estar com a razão: passarinho que arranca meninas do quarto à noite, trens e jangadas que transitam pelo céu, estrada que nos leva aonde queremos ir, serra com personagens fantasmagóricos, uma mulher que sopra esperança para as pessoas... como pode qualquer daquelas coisas ser verdadeira? Mas e Pedro? E Marilu? E o Poetinha, Antônio, Lara, Jiló, Doca... todos tão reais! Como podem não existir?

Cansada e sem resposta às inúmeras perguntas que lhe assaltam a mente, a garota se entrega gradualmente ao cansaço e ao sono. Antes de dormir, entretanto, quando seus olhos já principiam a fechar e seu pensamento começa a se anuviar, ela se vira de lado na cama. No espaço do quarto que passa a enxergar, algo lhe chama a atenção. No chão, meio escondida embaixo da mesinha de cabeceira, vislumbra o que parece ser uma flor amarela.

A visão da possível flor faz Beatriz se levantar de pronto, a mente outra vez desperta, o coração batendo rápido e forte. Abaixando-se e puxando o objeto, ela confirma o que já por dentro intuía: era a guirlanda de flores que a acompanhara em suas aventuras pela Terra de Lá. Não fora um sonho!

— Deve ter caído da minha cabeça quando eu tombei no chão.

Emocionada, a menina corre para a janela, o olhar vasculhando ansiosamente o horizonte. No lusco-fusco da manhã nascente, longe, muito longe, movimentando-se em direção à lua que se prepara para sumir, ela vislumbra uma pequena jangada. Com alegria e saudade, Beatriz ali fica, observando a embarcação até ela se tornar mero ponto no infinito.

***

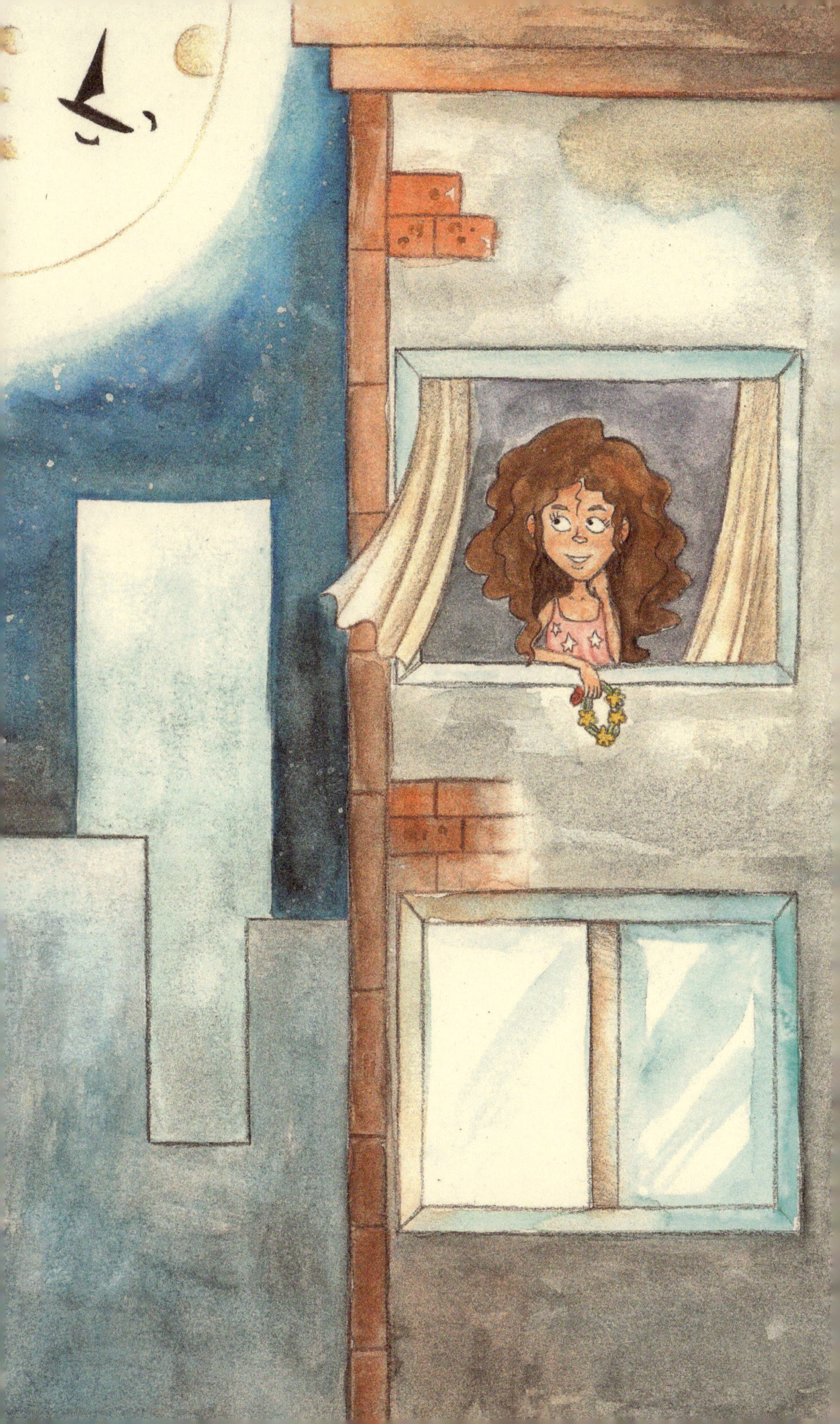

REFERÊNCIAS MUSICAIS

1 - "Beatriz" – Chico Buarque e Edu Lobo
2 - "Azul" – Djavan
3 - "Pedro pedreiro" – Chico Buarque
4 - "O trenzinho do caipira" – Heitor Villa-Lobos e Ferreira Gullar
5 - "Samba de Maria Luiza" – Tom Jobim
6 - "Canto do Povo de um Lugar" – Caetano Veloso
7 - "O cio da Terra" – Chico Buarque e Milton Nascimento
8 - "Eu não existo sem você – Tom Jobim e Vinicius de Moraes
9 - "Sonho meu" – Ivone Lara e Délcio Carvalho
10 - "Timoneiro" – Paulinho da Viola e Hermínio Bello de Carvalho
11 - "Ponteio" – Edu Lobo e Capinan
12 - "O bêbado e a equilibrista" – Aldir Blanc e João Bosco
13 - "Irene" – Caetano Veloso
14 - "Zé do Caroço" – Leci Brandão
15 - "Maria, Maria" – Milton Nascimento e Fernando Brant
16 - "Senhorinha" – Guinga e Paulo César Pinheiro
17 - "Comentário a respeito de John" – Belchior e José Luiz Penna
18 - "Canção da despedida" – Geraldo Azevedo e Geraldo Vandré
19 - "Com a perna no Mundo" – Gonzaguinha
20 - "Parabolicamará" – Gilberto Gil
21 - "O vento" – Dorival Caymmi

FONTE Alda OT CEV
PAPEL Polen Natural 80g/m²
IMPRESSÃO Meta